I0762086

LA BRUJA DE LA SUERTE

UN MISTERIO PARANORMAL DE LAS BRUJAS DE WESTWICK

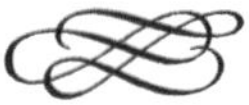

COLLEEN CROSS

Traducido por

ALICIA BOTELLA JUAN

La bruja de la suerte

Un misterio paranormal de las brujas de Westwick

Traducido del original por Alicia Botella

ISBN

ebook 978-1-989268-08-7

tapa dura 9781989268858

tapa blanda 9781778660313

OTRAS OBRAS DE COLLEEN CROSS

Los misterios de las brujas de Westwick

Caza de brujas

La bruja de la suerte

Bruja y famosa

Brujil Navidad

Brujería mortal

Serie de suspenses y misterios de Katerina Carter, detective privada

Maniobra de evasión

Teoría del Juego

Fórmula Mortal

Greenwash: Un Engaño Verde

Fraude en rojo

Luna azul

No-Ficción:

Anatomía de un esquema Ponzi: Estafas pasadas y presentes

¡Inscríbete su boletín para estar al tanto de sus nuevos lanzamientos!

http://eepurl.com/c0js9v

www.colleencross.com

LA BRUJA DE LA SUERTE

UN MISTERIO PARANORMAL DE LAS BRUJAS DE WESTWICK

Cendrine West no tiene tiempo para descansar. Está a punto de conseguir un nuevo empleo, y la tensión con el atractivo sheriff Tyler Gates no deja de crecer. Todo cambia cuando es secuestrada por una bruja malhumorada, su tía Pearl, que se ha empeñado en vengar la prematura muerte de su amiga. Irán a Las Vegas o morirán en el intento… por las razones equivocadas.

Rocco Racatelli es un apuesto hombre de negocios de Las Vegas y el próximo objetivo de la mafia. Salió perdiendo en un trato que hizo con la suerte y ahora quiere venganza. Cuando la tía Pearl empieza a estar ansiosa por ayudar, la misión Vegas Vendetta acaba convirtiéndose en una disputa territorial. A medida que las brujas se adentran en el sórdido mundo subterráneo de la ciudad del pecado, los cadáveres se acumulan y los secretos quedan al descubierto.

El calor de Las Vegas no es lo único que quema… Rocco intenta ganarse el corazón de Cen, pero ella solo tiene ojos para el hombre que ha dejado atrás en Westwick Corners. Solo tiene que resolver un asesinato, vencer la magia de su malhumorada tía y derrotar a la mafia de Las Vegas. ¿Qué podría salir mal?

Cuando el crimen organizado choca con la magia desorganizada puede ocurrir cualquier cosa. Mientras aumenta el número de muertes, lo que está claro es que Cen necesita algo más que un milagro en medio del desierto para poner cada cosa en su lugar.

«…Una cautivadora historia sobrenatural. Si te gusta el misterio, te encantarán Cendrine West y su excéntrica familia de brujas.»

Si te gustan las historias de misterio con una dosis de humor y un toque sobrenatural, te encantará esta paranormal historia de brujas.

CAPÍTULO 1

Necesitaba un trabajo, necesitaba gasolina y necesitaba un descanso.

Las probabilidades de conseguir cualquiera de las tres cosas eran escasas. Tenía el depósito de gasolina vacío y el único surtidor de la gasolinera Gas N' Go de Westwick Corners estaba averiado. El surtidor antiguo no tenía ranura para tarjetas, y no tenía intención de ir andando hasta el cajero con mis tacones de ocho centímetros.

Llegaba tarde a la entrevista de trabajo en *El murmullo de Shady Creek*. Me humillaba admitir que, a mi propio periódico, el *Westwick Corners Weekly*, le quedaban días para quebrar. Lo último que quería era trabajar para la competencia, pero necesitaba el dinero. Tenía un conflicto interno. No quería darle la espalda a Westwick Corners, el pueblo casi fantasma al que intentaba revitalizar, pero tenía que ganarme la vida.

Todos los empleos decentes estaban a una hora de camino, en Shady Creek. Me di cuenta demasiado tarde de que Westwick Corners era muy pequeño para todo, incluso para el periódico que le había comprado al anterior propietario cuando se jubiló un año antes. Adquirir el *Westwick Corners Weekly* había sido un impulso. Mi plan de comprarme el trabajo de mis sueños acabó en saco roto.

Mi única esperanza era poder mantenerme trabajando a tiempo parcial como periodista en Shady Creek. Al menos podría sobrevivir mientras intentaba hacer resurgir mi periódico. Pero incluso esa opción corría peligro si no conseguía llenar el depósito de gasolina.

Agité los brazos frenéticamente a través de las ventanas de vidrio reflectante, esperando que el dependiente me viera e hiciera funcionar de nuevo el surtidor.

Nada.

Maldije por lo bajo mientras miraba el asfalto. Me animé al ver a un joven pecoso de pie junto a una gigantesca caravana. El dependiente de la gasolinera aparentaba entre quince y veinte años y llevaba una camiseta de Gas N' Go que le quedaba grande y unos pantalones cortos anchos. Nunca lo había visto por el pueblo, así que supuse que sería un recién llegado. Aunque me extrañaba, ya que casi nunca teníamos visitantes, y menos aún nuevos habitantes. Los chismorreos solían preceder a los nuevos residentes por varios días.

Saludé al chico con la mano, pero me ignoró y siguió comprobando la presión de los neumáticos de la caravana. No me sorprendió. Todos los que se mudaban a Westwick Corners lo hacían para huir de algo o de alguien. Un pueblo casi fantasma no encabezaba la lista de los mejores sitios donde vivir, pero era un escondite perfecto. Nadie venía a buscar aquí.

Mis esperanzas se desvanecieron cuando se abrió la puerta de la caravana y salió la tía Pearl. Me saludó con entusiasmo y vino prácticamente volando hacia mí. Pocas mujeres de setenta años podían moverse a esa velocidad, pero la hermana mayor de mi madre tenía una ventaja secreta. Como todas las mujeres de la familia West, era una bruja.

—¡He ganado, he ganado!

Mi tía de cuarenta kilos se paró en seco sobre un islote y se tambaleó hasta perder el equilibrio y caer sobre mí.

—¡Cuidado!

La manguera se me escapó de las manos cuando salté para esquivarla y rebotó en mi Honda sucio y oxidado. De repente, decidió funcionar.

La gasolina se derramó por el asfalto como si fuera una petrolera de Texas. Tenía un botón automático y se había quedado bloqueado en la posición de encendido. Por lo menos había tenido suerte de que se activara en el momento exacto en que se me cayó de la mano.

Más dinero echado a perder.

Me apresuré a coger la manguera descontrolada por culpa de la presión. Lo único que pude coger fue gasolina. Me manchó todo el vestido nuevo y la americana que me había comprado especialmente para la entrevista de trabajo.

Hice una mueca cuando la manguera me salpicó las piernas recién depiladas. Empezó a formar un gran charco bajo mis pies. Me quedé en shock, empapada, furiosa y sin palabras.

Todo aquel jaleo atrajo al empleado que vino corriendo hacia nosotras.

—¡Eh! ¡Eso lo tenéis que pagar!

El grifo se sacudió por la presión del combustible y giró violentamente. Al final, pude coger la manguera, pero antes de poder encararla hacia otro lado, me volvió a empapar de pies a cabeza. Lo único que se salvaron fueron mis ojos gracias a las gafas de sol.

La gasolina entró por mis fosas nasales y me cubrió las gafas. Solté la manguera cuando mis manos volaron involuntariamente hacia mi cara para protegerme. Me limpié los cristales de las gafas con el dedo, pero lo veía todo borroso, incluyendo la tía Pearl.

—¡No me hagas daño! —gritó la tía Pearl echándose hacia detrás y agitando los brazos en el aire.

—¡Rápido! ¡Coge la manguera! ¡No veo nada! —Fracasé una vez más al intentar coger la manguera ciegamente. Finalmente pude cerrar la mano alrededor del surtidor, pero cuando intenté dejar la manguera en su sitio, se me levantó la uña—. ¡Ay!

Dejé caer de nuevo la manguera y me salpicó los tobillos al derramarse por el asfalto. La busqué a tientas, pero no pude cogerla lo suficientemente fuerte como para sujetarla. Tenía los dedos entumecidos después de tantos intentos frustrados.

Agité los brazos intentado agarrar el mango con mi visión limitada. Eso me hizo perder el equilibro, tropecé y caí del islote.

Después de lo que me pareció una eternidad, el surtidor se paró. Me quité las gafas y me limpié la gasolina de la frente con el dorso de la mano.

El dependiente estaba plantado junto al surtidor, con la manguera en una mano y el interruptor en la otra.

—No toques nada, yo te la pongo.

Le di las gracias con un murmullo mientras me ponía en pie, totalmente empapada. Un escalofrío me recorrió el cuerpo entero, a pesar del calor veraniego.

—Eso es mucha gasolina. Has desperdiciado casi veinte litros.

La tía Pearl chasqueó los dedos.

—Como si nada.

La tía Pearl era aficionada a la pirotecnia, así que para ella desperdiciar gasolina era como un juego.

—Podrías haberme ayudado.

Negué lentamente con la cabeza mientras observaba mi vestido estropeado. No había palabras para describir la desesperación que sentía en aquel momento. Todo lo que hacía parecía acercarme un paso más a la ruina.

—Tienes que aprender a valerte sola, Cen. Tienes todo lo necesario, solo has de utilizarlo. De un modo u otro, acabarás haciendo las paces con tus poderes. —Me dio una palmadita en la espalda—. Tienes elección.

—No voy a hacer trampas. —Me volví hacia el dependiente, pero se había alejado de la caravana y estaba fuera del campo auditivo—. No quiero ventajas injustas, eso es todo.

—Usar la magia no es hacer trampas si eres bruja. Deja de fingir que eres alguien que no eres.

Ya estaba de mal humor, lo último que necesitaba era mantener una discusión con mi estrafalaria tía.

—Solo quiero jugar en las mismas condiciones que los demás.

—No eres como los demás, más te vale ir acostumbrándote —resopló la tía Pearl—. ¿Por qué perder el tiempo trabajando? Cualquier otra persona con tus poderes les daría un buen uso. En lugar de eso, tú los ignoras y los desperdicias.

—Quiero ganarme la vida de forma honrada. —Las palabras me salieron solas antes de que pudiera pensarlo dos veces.

—¿Acaso ser bruja no es honrado? —La ira de la tía Pearl se dejó entrever en el tono de su voz.

Estaba molesta porque no hubiera continuado con las clases de magia en la Escuela de Encanto Pearl. Quería hacerlo, pero siempre había algo que se interponía en mi camino. Y no me sentía bien utilizando unos poderes mágicos de los que la gente normal carecía. No había hecho nada para ganármelos. Solo tuve la suerte de nacer en la familia de brujas West.

—Llego tarde a la entrevista. ¿No puedes revertir esto y ponerle gasolina al coche?

La tía Pearl era una bruja muy poderosa, no le supondría ningún esfuerzo.

—Puedo. Pero... ¿por qué tendría que hacerlo?

—Tía Pearl, por favor. Te lo compensaré.

Necesitaba el trabajo urgentemente.

Asintió con la cabeza.

—Los jóvenes de hoy os creéis que tenéis derecho a todo. Nunca nada que valga la pena será fácil, Cen.

—Pero es muy fácil para ti—protesté.

—Podría serlo también para ti. La práctica hace al maestro, Cendrine. Lo único que tienes que hacer es aplicarte más. ¿Por qué es tan difícil?

El empleado de la gasolinera acabó de llenarme el depósito y extendió la mano indicando que le tenía que pagar. Miré el contador, metí la parte superior del cuerpo por la ventanilla de pasajero y saqué la cartera del bolso que tenía sobre el asiento. Saqué el último billete de veinte dólares que me quedaba y volví a dejar la cartera en el coche. Le tendí el dinero, enfadada porque la mayoría de la gasolina que acababa de pagar hubiera acabado en un charco en el suelo. De hecho, era muy poca la gasolina que realmente había entrado en el coche.

—Cen, este es Wilt Chamberlain.

Asentí mirando al chico pálido, delgaducho y pecoso que no se parecía en nada al famoso jugador de baloncesto de hacía años. Era mayor de lo que me había parecido en un primer momento, tendría veintipocos. Su piel era tan blanca que casi parecía adquirir un tono azulado, excepto por la marca de nacimiento en forma de diamante que tenía en la frente. Era del color del óxido y se encontraba justo en el centro de su frente, como si fuera una diana.

—La próxima vez, pide ayuda. —Wilt volvió a dejar la manguera en el surtidor—. Ahora tendré que cerrar el surtidor y limpiar todo este desastre.

—No tenemos tiempo de limpiar —dijo la tía Pearl señalando a la caravana—. Tenemos que ponernos en marcha.

—¿Cómo? —fruncí el ceño preguntándome qué estaría tramando mi tía.

La tía Pearl me hizo un gesto con la mano.

—Olvida la entrevista, Cen. Tengo un trabajo para ti.

Negué con la cabeza.

—No pienso trabajar en la Escuela de Encanto Pearl.

Sonrió ampliamente.

—No es lo que tenía en mente. Tengo una misión para ti. Es de incógnito.

Volví a negar.

—No me interesa.

Vimos a Wilt entrar de nuevo en la gasolinera. Sacó un llavero enorme y cerró la puerta.

—¡Eh! ¡No me has dado el cambio! —Miré el marcador. Según lo que mostraba, mi consumo total ascendía a menos de diez dólares, incluyendo la gasolina derramada. La poca que hubiera entrado en el depósito no era suficiente ni para salir del pueblo, mucho menos para llegar a Shady Creek.

—¡Wilt!

Me ignoró a propósito.

Saqué la manguera y la cogí como si fuera un arma.

No mordió el anzuelo.

—Lo siento, hemos cerrado.

Metí el grifo en el depósito del coche. Encendí el surtidor, esta vez con el interruptor en su sitio. No sirvió de nada. O bien Wilt había cerrado el surtidor, o de verdad se había acabado la gasolina.

Maldije por lo bajo y me volví hacia mi tía que sonreía con superioridad.

—¿Por qué no me ayudas? —Reparé en la garrafa roja de gasolina que sostenía en la mano.

—Olvídate de la gasolina. He ganado la lotería, Cen. Soy rica. Me puedo permitir cualquier cosa. Incluyendo gasolina ilimitada. —Balanceó la garrada de delante y hacia detrás en el aire.

Asentí hacia la caravana.

—Hará falta para este trasto. ¿De dónde la has sacado?

La tía Pearl parecía abrumada. Supuse que sería una reacción normal en alguien que acaba de ganar la lotería. Solo que no la creía. A mi tía le gustaba llamar la atención, así que asumí que la historia de la lotería era una gran mentira, que se apoyaba en la magia consiguiendo cosas como una caravana reluciente y gasolina.

La gasolina.

La garrafa de veinte litros emitía un borboteo moverla, lo que significaba que estaba llena de gasolina. Veinte litros me llevarían a Shady Creek hasta mi entrevista de trabajo. Problema resuelto.

—¡Tía Pearl! ¿Es eso una garrafa de gasolina? Necesito un favor.

—Eres bruja, Cendrine. Hazte tu propia gasolina.

—Ahora no, tía Pearl.

Lo mío con la tía Pearl era la definición propia de relación complicada. Le molestaba infinitamente que me negara a ir a clases de hechicería.

—Oh, lo había olvidado. No sabes.

La tía Pearl fingió pucheritos.

Quería demostrarle que se equivocaba. Pero no era lo suficientemente buena. Lo único que podía demostrar que era tenía un negocio fracasado, monedas sueltas y muy mala suerte. Siempre que intentaba algo me salía el tiro por la culata. Mi vida era un asco, y no tenía ni idea de que hacer para remediarlo.

CAPÍTULO 2

Miré a la tía Pearl. Solo porque los poderes sobrenaturales de la familia West no fueran un gran secreto en Westwick Corners no significaba que tuviéramos que ir haciendo gala de ellos. Durante generaciones habíamos actuado bajo la política «no preguntes, no digas». Como Wilt era nuevo en el pueblo, probablemente no estuviera al tanto de nuestra brujería. Hasta que llegó la tía Pearl, claro está.

—Deja de preocuparte por tonterías y sube. Yo te llevaré a la entrevista.

La tía Pearl me dedicó una dulce y enfermiza sonrisa que yo sabía que era falsa.

Wilt frunció el ceño, visiblemente decepcionado ante la idea de que me fuera con ellos.

Me daba miedo preguntar, pero lo hice de todos modos.

—¿Para qué necesitas una caravana?

También quería preguntarle por qué quería que Wilt la acompañara, pero me pareció un poco violento hacerlo con él ahí delante.

La tía Pearl puso los ojos en blanco.

—No la necesito, Cen. La quiero. Es mi propio hotel sobre ruedas. La llamo Pearl's Palace.

Evidentemente, la había hecho aparecer con sus poderes, pero no podía echárselo en cara con el dependiente de la gasolinera al lado. El hecho de que la familia West era una familia de brujas no era un secreto guardado a cal y canto en Westwick Corners.

Me preguntaba cuánto habría visto ya este chico, ya que la tía Pearl siempre estaba usando la magia. La nueva caravana de más de diez metros no encajaba con nuestro estilo de vida, y probablemente costara más de lo que yo pudiera ganar en dos años. Si era real, aunque evidentemente, no lo era. Al igual que la carroza de Cenicienta, se desvanecería al cabo de un tiempo. Y, si viajabas como pasajero, era una especie de bomba de relojería.

—Yo te llevo. Shady Creek está de camino a Las Vegas. Me viene bien.

Aunque mi conciencia me dictara lo contrario, acepté.

La tía Pearl abrió la puerta de la caravana y me empujó dentro.

—Sube. Tengo que recoger a otra persona y luego voy a Shady Creek a dejarte.

No podía imaginar quién querría ir de vacaciones a Las Vegas con la tía Pearl. Los pocos amigos que tenía vivían todos lejos. Me dije que no era asunto mío. Algo que sería mejor no saber.

Me senté en el rincón de la cocina y esparcí el vestido para que se secara más rápido. Me pareció extraño que mi tía dejara de recriminarme por no usar los poderes y me llevara a la entrevista. Criticaba mi falta de práctica, pero aun así se había ofrecido a llevarme.

La tía Pearl se sentó en el asiento del pasajero y se dio la vuelta. Señaló al asiento del conductor, ocupado por el dependiente flacucho de la gasolinera.

—He contratado a Wilt como chófer.

Había olvidado que la tía Pearl no conducía.

—¿Y tu amigo?

Le quitó importancia con un gesto de la mano.

—Es un camino largo. Además, soy rica. Ahora puedo permitirme un chófer.

Aun así, seguía pareciéndome raro que Wilt viniera. Pero era mejor no darle demasiada importancia a todo lo relacionado con la tía Pearl, porque enseguida se enfadaba.

Volví a centrar mis pensamientos en la entrevista. Necesitaría algún modo para volver de Shady Creek, pero ya pensaría en ello después.

No hay nada peor que una bruja con mala suerte. Excepto quizás una bruja con demasiada suerte. Si se juntan las dos podría pasar cualquier cosa.

CAPÍTULO 3

—Abróchate el cinturón. —Ella también se lo abrochó y gritó—: ¡Rumbo a Las Vegas, nena!

El vehículo se tambaleó y aceleró para salir de la gasolinera.

—¡Eh! Yo no he dicho que…

Mi tía se dio la vuelta hacia mí.

—Tranquila, Cen. Te llevaremos a la entrevista.

Me agarré a la mesa de la cocina mientras Wilt giraba hacia la calle principal. Quizás deseaba morir, al fin y al cabo. No podía imaginar otro motivo por el cual viajaría con un conductor maníaco y una bruja chiflada a su lado.

—No vamos por buen camino.

Tanto Wilt como la tía Pearl me ignoraron o no me oyeron. Además de no ir hacia Shady Creek, el modo de conducir de Wilt me hacía temer por mi propia vida.

Y aun así, allí estaba, no podía hacer nada por ayudarme a mí misma. Wilt llegó a la frontera del pueblo y cogió el sinuoso camino que llevaba al Hostal Westwick Corners.

—¿Por qué estamos yendo a casa?

Habíamos convertido la casa familiar en una casa rural que funcionaba, sobre todo, los fines de semana. Nosotros también vivíamos en la propiedad, y en ese momento, volvía al punto de partida del día. Solo que esta vez sin coche.

A medida que pasaban los minutos se esfumaban las probabilidades de llegar a la entrevista a tiempo. Estiré el brazo para coger el bolso, solo para darme cuenta de que me lo había dejado en el asiento del copiloto de mi coche.

Mamá nos saludó con la mano cuando la caravana se acercó. Subió a la caravana y dejó una enorme maleta sobre la cama. Volvió segundos después, jadeando y se dejó caer al otro lado de la cocina.

—Pesa mucho.

—¿Mamá? ¿Qué pasa? No puedes irte del hostal. Van a venir huéspedes.

La casa rural no podía funcionar sin mamá. Era la cocinera, la gerente y la recepcionista. Todo en una. La tía Pearl era oficialmente el ama de llaves, pero no se podía confiar en ella. Yo solía hacer de suplente de mi tía, ya que ella se ponía su propio horario impredecible y no tenía la costumbre de responder a las llamadas. En primer lugar, era una bruja, su empleo en el hostal quedaba en segundo plano.

Por otra parte, yo estaba a medio camino entre dos empleos mal remunerados intentando sobrevivir. Trabajar por cuenta propia o para mi familia no me podía mantener económicamente. Si quería un futuro, tenía que reconsiderar mis opciones. *El murmullo de Shady Creek* no era Corporate America, pero estaba muchos pasos por delante de cualquier cosa que pudiera encontrar en el minúsculo Westwick Corners.

La tía Pearl me interrumpió.

—Tenemos que ocuparnos de un asunto familiar urgente, Cen. No tenemos todo el día, así que para de hacer preguntas y deja que Ruby recupere el aliento.

—¿De qué hablas? El hostal es nuestro asunto familiar.

—Te lo explicaré después. —Agitó las manos con impaciencia—. Tenemos que irnos antes de que sea demasiado tarde.

—Explícate ya. —Me crucé de brazos.

—Lo siento, pero esta misión es alto secreto. Te lo contaré todo cuando sea necesario, pero ahora mismo no necesitas saber nada. Te enterarás cuando llegue el momento. —La tía Pearl miró su reloj y se giró hacia el asiento del conductor—. Vamos con retraso. Pisa fuerte, Wilt.

La fuerza de la gravedad me empujó hacia detrás cuando la caravana aceleró.

—Todo va bien, Cen. —Mamá observó con incertidumbre a la tía Pearl—. No hay huéspedes hasta el viernes y me aburro. Nos vendrá bien un viaje.

Frunció el ceño. Mamá era una mentirosa terrible. Evidentemente la había liado la tía Pearl. Fuera lo que fuera, era lo bastante grave como para que abandonara el hostal y saliera del pueblo.

—¿Qué?

La enorme maleta de mamá me hizo sospechar aún más sobre el supuestamente improvisado viaje. Había tenido tiempo de hacérsela, así que el viaje debía de estar planeado.

Mamá me ignoró. Se apoyó contra la mesa mientras la caravana descendía por la colina que iba desde nuestra propiedad hasta la carretera principal del pueblo.

Parecía estresada, aunque intentaba no demostrarlo.

—Es agradable sentarse aquí. La caravana es más grande de lo que pensaba.

—¿De dónde has sacado la caravana, tía Pearl?

Al parecer, era una situación normal para ellos, pero no para mí.

No hubo respuesta.

—¿Tía Pearl?

Mi tía se dio la vuelta y se tapó la nariz con los dedos.

—Madre mía, Cendrine, hueles a muerto.

—No cambies de tema. Es por la gasolina. Ibas a ayudarme a limpiarme, ¿recuerdas?

La tía Pearl siguió ignorándome y abrió una ventanilla.

Mamá asintió mostrando su acuerdo. Se sentó frente a mí en la mesa de la cocina.

—Nadie va a contratarte con ese olor a gasolina. Será mejor que aplaces la entrevista.

—No voy a aplazarla.

Abrí la ventanilla, esperando que la brisa hiciera disipar la peste a combustible. Teníamos el tiempo justo, pero aún tenía una oportunidad de llegar a la entrevista. Solo tenía que permanecer en silencio y cooperar hasta que me dejaran en Shady Creek.

Miré a mi alrededor y vi que había media botella de agua en el fregadero. Me levanté para cogerla y me tambaleé sobre los tacones mientras la caravana descendía por la colina. El vehículo chirrió hasta detenerse por completo ante la señal de stop que marcaba el final del camino.

En cuanto Wilt pisó el acelerador y giró, recuperé el equilibrio y pude coger la botella de agua. Aún no había vuelto a mi asiento cuando la caravana se salió de la carretera unos instantes antes de volver a encaminarse. Al destapar la botella un poco de agua me cayó sobre el vestido.

Mamá arqueó las cejas.

—Es un poco pronto para eso, ¿no crees?

Fruncí el ceño, confundida por su comentario hasta que reconocí el olor. La botella contenía vodka, no agua.

Ahora apestaba a alcohol. Los de seguridad no me dejarían pasar, mucho menos llegar hasta recursos humanos. Violaría la política de drogas y alcohol antes de empezar la entrevista.

Maldecí por lo bajo y me giré hacia mamá.

—No puedo ir así a la entrevista. ¿No puedes echarme una mano especial?

Era la palabra en clave que usábamos para hablar de magia. Me preparé mentalmente para recibir una reprimenda sobre descuidar mis lecciones de brujería. Mamá solía ser más indulgente que la tía Pearl, aunque ambas criticaban mi falta de constancia. Tenía que admitir que tenía otras prioridades. Tenían razón en una cosa, si mi vida dependiera de ello, no sabría lanzar un hechizo.

—No entiendo por qué sientes que tienes que salir de Westwick Corners. —Negó con la cabeza, decepcionada—. Tienes trabajo a tiempo completo en el hostal si quieres. No necesitas trabajar de redactora en otro pueblo. El periodismo no es lo tuyo, Cen. Y no entiendo por qué te avergüenza tanto tu legado. Podrías tenerlo todo si practicaras la magia.

Permanecí en silencio. No podía explicarles a dos brujas expertas que quería la única cosa que la magia no podía darme: encajar y tener la vida de una veinteañera normal, con un trabajo normal y una familia normal. Buscaba la aceptación, y eso es algo no se puede conseguir con un hechizo. Quería ser como los demás.

—Quiero tener mi propia vida. La magia causa más problemas de los que resuelve.

—Tienes un gran talento natural, Cen —suspiró mamá—. Estás desperdiciando tus poderes. Un día te despertarás y descubrirás que es demasiado tarde. Simplemente no quiero que te arrepientas.

Se me hundieron los hombros. Incluso mamá estaba del lado de la tía Pearl. Estaba atrapada.

—La tía Pearl no ha ganado la lotería, ¿verdad? —Estaba segura de que era otra de sus mentiras—. La ha hecho aparecer.

Mamá negó.

—Es verdad, Cen. Wilt le vendió el billete ganador en la gasolinera. Por eso lo ha contratado de chófer.

—Es mi amuleto de la suerte —respondió la tía Pearl desde su asiento.

Me sobresalté cuando Wilt pisó el acelerador.

—El sorteo fue anoche. No ha tenido tiempo de canjear el billete ni de comprar la caravana.

—Ya conoces a Pearl. Es muy rápida.

Era exactamente lo que me temía. La tía Pearl podía causar estragos en cuestión de minutos. Me tumbé sobre el banco y puse los pies firmemente en el suelo para evitar caer al pasillo.

La caravana tembló al ganar velocidad y luchar contra el viento. Estaba muerta de miedo, ya que aún no habíamos llegado a la autopista.

—¡Más despacio! —Me agarré con fuerza a la mesa hasta que los nudillos se me pusieron blancos.

Wilt ignoró mis plegarias y siguió a máxima velocidad por la autopista.

Al cabo de pocos minutos, una sirena policial empezó a sonar tras nosotros. Las luces parpadeantes se reflejaban en el retrovisor cuando Wilt se detuvo bruscamente a un lado de la carretera. Me relajé en el asiento, aliviada porque por fin hubiéramos parado. La parada probablemente nos había librado de provocar una carnicería en la interestatal.

El rostro de mi madre se volvió de un pálido fantasmal. Abrió la ventanilla y se asomó. Parecía haberse mareado. Me giré para decirle algo a Wilt, pero estaba demasiado ocupado maldiciendo y bajando la ventanilla como para prestarme atención.

Estiré el cuello y vi el deportivo del sheriff Gates aparcado detrás de la caravana de un modo que solo les estaba permitido a las autoridades.

Genial.

El sheriff Gates era la última persona a la que quería ver en ese momento. No porque no me gustara. De hecho, me gustaba mucho. La verdad es que me gustaba demasiado. Había cancelado mi boda con otro hombre por él, solo que él no lo sabía. No tenía intenciones de admitirlo, pero era la verdad.

—Ya está aquí otra vez. Me persigue.

A la tía Pearl no le gustaba nada el sheriff. No tenía duda de que mi tía, aficionada a las ilegalidades, iba a avergonzarnos a todos.

Tyler y yo llevábamos unos meses saliendo en secreto. Quedábamos en Shady Creek para evitar los cotilleos y las intromisiones de la tía Pearl. Había conseguido echar del pueblo a todos los demás sheriffs, y no estaba dispuesta a arriesgarme a perder a Tyler.

Me encorvé en el asiento con la esperanza de que Tyler no me viera al acercarse a la ventanilla de la caravana.

Me detectó enseguida y me sonrió. Le devolví la sonrisa y mi madre lo saludó con la mano.

—Hola, Pearl.

Tyler miró a través de la ventanilla del conductor. Parecía saber defenderse ante mi extravagante tía.

La tía Pearl gruñó algo en voz baja. Supuse que tenía algún otro as bajo la manga, a parte del billete premiado de lotería y la caravana mágica.

Contuve el aliento, con la esperanza de que no empezara una discusión.

La mirada de Tyler se dirigió a mi madre y a mí. Asintió y me sonrió. Por un instante consideré la posibilidad de pedirle que me llevara a Shady Creek, pero lo descarté enseguida. Además de hacer enfadar a la tía Pearl, podría destapar nuestra relación.

—Permiso y documentación del vehículo. —Tyler Gates echó un vistazo al interior de la caravana mientras esperaba los documentos—. ¿De vacaciones?

—Nos vamos a Las Vegas —respondió la tía Pearl—. ¿Acaso es ilegal?

Tyler frunció el ceñó y fijó sus ojos en mí.

Negué con la cabeza. Nadie iba a ir a Las Vegas, y menos yo. Aunque me perdiera la entrevista, aún llegaría a tiempo a nuestra cita. Tyler y yo íbamos a cenar en un elegante y nuevo restaurante francés que había abierto en Shady Creek, lejos de las chismosas miradas de mis amigos y familiares. Hasta entonces, no quería que se acercara a mí y viera u oliera mi estropeado vestido. Compraría un vestido nuevo justo después de la entrevista.

Los labios de Tyler se curvaron en una ligera sonrisa cuando se dirigió a la tía Pearl.

—No, pero tener la luz trasera estropeada sí que lo es. Tienen que arreglarlo.

—Ahora mismo nos dirigíamos al taller, sheriff —dijo Wilt—. La pieza que necesitamos está en Shady Creek.

Me sentí aliviada ante la mención de Shady Creek. Últimamente nunca tenía tiempo, igual que me iba a pasar con esta entrevista. Parecía cosa del destino. Quizás fuera lo mejor, ya que preferiría no tener que trabajar en *El murmullo de Shady Creek*, pero seguía necesitando un modo de ganarme la vida.

Me deslicé hacia la ventanilla para airear mi peste a gasolina. La ropa se me había secado rápido por el calor veraniego. Además del horrible olor, no había rastros visibles del desastre con la gasolina. Tal vez todo saldría bien, después de todo.

El sheriff nos dejó marchar con una advertencia y Wilt prometió arreglar la luz trasera pronto.

Volví a centrarme en la autovía cuando pasamos la señal que informaba que habíamos llegado al perímetro de Shady Creek. Sentí una pizca de esperanza al consultar el reloj. No habíamos estado parados tanto tiempo como pensaba. Todavía había una pequeña posibilidad de llegar a tiempo a la entrevista, gracias a la velocidad excesiva de Wilt. A juzgar por la expresión de pánico de mamá, la había aterrorizado.

Me extrañaba que mamá formara parte de la excursión, ya que odiaba los viajes de todo tipo. Raramente iba a Shady Creek. Las Vegas podía parecerle otro planeta. Probablemente solo hubiera aceptado venir porque la tía Pearl sola por Las Vegas podía causar un auténtico desastre.

De repente, la caravana salió corriendo hacia la carretera. El bosque que la bordeaba parecía un borrón verde, marrón y asfalto.

Me dio un tirón en el cuello cuando aceleramos por la autovía y nos pasamos el desvío a Shady Creek.

—Nos hemos pasado la salida.

Wilt se dio la vuelta y la caravana se metió en el carril contrario.

—¡Vigila la carretera! —Los nudillos de mamá estaban blancos de tanto aferrarse con fuerza a la mesa—. ¡Vas a matarnos!

Grité al caerme del banco, segura de que íbamos a morir en un choque frontal. Rodé por el suelo hasta estamparme contra los armarios de la cocina.

En ese momento la caravana se estabilizó y volvió a su carril. Pude levantarme justo a tiempo para ver como esquivábamos un tráiler que venía en dirección contraria. Estábamos en el lado equivocado de una autovía de cuatro carriles. Wilt era aún peor como conductor que como dependiente de gasolinera. El viajecito iba de cabeza al desastre.

Volví al banco de la cocina, sin respiración. Busqué el móvil, pero no lo encontré. Maldije al darme cuenta de que tanto el teléfono como el número de *El murmullo de Shady Creek* seguían en el bolso en el asiento de mi coche. Habían pasado cinco minutos de la hora de mi entrevista e íbamos en dirección contraria.

Había perdido mi oportunidad. El periódico no iba a contratar a una periodista que no asistía a las entrevistas y ni siquiera tenía la cortesía de llamar.

Tampoco podía llamar a Tyler. Puede que no llegara a tiempo a la cita. ¿Qué pensaría de mí?

—Cen, deja de preocuparte —dijo la tía Pearl desde su asiento—. No necesitas ese trabajo. De hecho, no tienes que volver trabajar nunca más. Te cubro las espaldas. He ganado la lotería, ¿recuerdas?

—¿Cuánto has ganado, exactamente? —Hizo un gesto con la mano restándole importancia—. Lo único que tienes que saber es que tengo una fortuna. Tendrás que pasar un período de prueba, por supuesto.

Suspiré. Otra excusa de la tía Pearl para darme órdenes. El premio de la lotería era otra de sus patrañas. No me creí su historia ni por un instante, y la última persona de la que quería ser una subordinada era mi chiflada tía.

—¿Por qué una caravana? Ya sabes que las normas de la AIAB prohíben la magia para sacar beneficios.

La AIAB, o la Asociación Internacional del Arte de la Brujería, tenía una normativa muy estricta sobre el uso frívolo de la magia. Cada hechizo necesitaba un propósito, y alardear de la magia indiscriminadamente podía castigarse con considerables multas. La tía Pearl se saltaba las reglas continuamente de forma temeraria y siempre se salía con la suya.

También iba contra las reglas hablar abiertamente sobre la brujería, pero estaba tan harta que no me importó que Wilt me escuchara.

—No estoy quebrantando ninguna regla —espetó la tía Pearl—. Si practicaras más tus habilidades, sabrías que hay vacíos legales.

—No discutamos —dijo mamá dirigiéndose a mí—. Estás extremadamente irritable, Cen. Necesitas estas vacaciones.

Parecía que la tía Pearl hubiera hechizado a mi neurótica madre y la hubiera convertido en un zombi despreocupado. Era un secuestro, aunque no lo admitieran. Lo único que me reconfortó fue que resultó que la caravana no había sido robada. El sheriff Gates comprobó la matrícula cuando nos paró.

Nos pasamos la siguiente salida en un santiamén y tuve la sensación de que no había vuelta atrás. Me volví hacia mi madre.

—¿Vas a dejar que me secuestre?

Además de pasarnos la salida, íbamos ganando velocidad a un ritmo alarmante. Se me aceleró al pulso cuando la caravana tembló contra la fuerza del viento. Me puse el cinturón.

—Cen, ya sabes que la tía Pearl no rompe la ley intencionadamente. —Las palabras de mamá no cuadraban con su lenguaje corporal. El color había desaparecido de su rostro y seguía agarrada fuertemente al borde de la mesa. Estaba sujetando algo—. Solo cuando es absolutamente necesario.

—Nunca es necesario —protesté. La tía Pearl tenía la tendencia de actuar primero y pensar después. Ojalá respetara más las leyes y no causara tantos problemas. Pero ya había tenido muchos enfrentamientos con el sheriff Tyler Gates, y las fuerzas de la ley fuera de Westwick Corners no eran tan clementes—. No me importa la razón. Apaga esta cosa y llévame de vuelta.

—De eso nada, monada —replicó la tía Pearl. Levantó el puño al aire con entusiasmo—. ¡Yuju! Las Vegas… ¡allá vamos!

—Déjame bajar y haré autostop.

—No vas a hacer autostop —me reprochó mamá levantando el dedo—. ¿Sabes lo peligroso que es? No puedo permitirte hacerlo.

—No —sentenció la tía Pearl. Se levantó del asiento del copiloto y se unió a nosotras en la mesa de la cocina—. Tienes que venir con nosotras a celebrarlo.

—No lo entiendo. Si de verdad has ganado millones con la lotería, ¿por qué arriesgarse a apostar y perderlo?

Nunca entendí porque los premiados en la lotería seguían jugando. Yo dejaría de apostar y sería feliz con mi fortuna. Aunque nunca he sido muy afortunada, así que las posibilidades de que me ocurriera algo así eran escasas.

—Es la descarga de adrenalina —explicó mamá asintiendo hacia la tía Pearl—. No puede evitarlo.

Eché un vistazo a Wilt en el asiento del conductor y, por una vez, parecía centrado en la carretera y no en nuestra conversación.

—Por el amor de Dios, eres bruja. Puedes hacer aparecer cualquier cosa con un hechizo.

—Este Vegas-móvil no es cosa de magia, Cen. Es la prueba de rodaje de Shady Creek Motors.

—Dudo que sepan que te lo llevas a una excursión de diecisiete horas por carretera.

La tía Pearl se encogió de hombros.

—Me han dicho que me lo quede todo el tiempo que quiera. Me siento afortunada y quiero ir a la ciudad del pecado.

—Nunca se sale ganando con las apuestas.

—Puede que tú no, Cen —dijo la tía Pearl—. ¿Por qué eres tan negativa, cariño?

—Solo soy práctica con…

La tía Pearl puso los ojos en blanco.

—Vale, vamos a celebrar mi premio en la lotería, pero ese no es el verdadero motivo por el que vamos.

—Es una celebración de la vida —añadió mamá.

—¿Ha muerto alguien? ¿Quién? No conocemos a nadie de Las Vegas.

La tía Pearl ignoró mi pregunta.

—Iremos al funeral, quizá veremos un par de espectáculos e iremos de compras. Una noche de chicas.

—Nos llevará toda la noche llegar hasta allí. Las Vegas está a dieciocho horas.

—A veces se tienen que cambiar los planes —replicó la tía Pearl—. Eres ridículamente inflexible.

—Pero yo ya he hecho planes. No puedes cambiarlos sin consultarme.

Estaba atrapada en una prisión de acero y vidrio a toda velocidad por la autopista y sin vía de escapatoria.

—Lo siento, Cen, pero te necesitan en el funeral —mamá me cogió la mano—. No puedes perderte esta ceremonia.

CAPÍTULO 4

Tenía un horrible dolor de cabeza por la peste gasolina y alcohol que todavía emanaba mi vestido. Aunque ya se había secado, el olor se había vuelto, en cierto modo, más concentrado. Con cada kilómetro, parecía penetrar más y más en cada rincón y grieta de la caravana. Probablemente porque la tía Pearl se había negado a encender el aire acondicionado y había encendido la calefacción en su lugar.

Me sequé el sudor de la frente intentando encontrarle sentido al misterioso funeral y el extraño giro de los acontecimientos.

—¿Quién ha muerto y qué tengo que ver yo en todo esto?

—Te lo explicaremos tarde o temprano. Pero ahora tenemos trabajo que hacer. —Mamá me estudió con sus profundos ojos azules —. Necesitamos tu ayuda, Cen. ¿Te acuerdas de la señora Racatelli?

—¿La mujer del mafioso?

—No la llames así. Carla tenía vida propia. Además, no hay pruebas que relacionen a Tommy con la mafia. Solo viajaba mucho a horas intempestivas.

—Por Dios mamá. Estuvo en prisión por crimen organizado. ¿Qué más pruebas necesitas? —Tommy "Dedos rápidos" Racatelli también se codeaba con personajes importantes del mundo de la mafia—. Espera un momento, ¿Carla Racatelli no se mudó a Las Vegas?

Apenas conocía a Carla, pero había ido al instituto con su nieto, Rocco. Tanto Carla como Rocco se habían marchado de pueblo justo después de la muerte de Tommy sin dar explicaciones.

Mamá asintió y se limpió una lágrima del ojo.

—Falleció hace un par de días y nos han invitado.

—¿Quién nos ha invitar?

Poca gente tenía el poder de invitar a la familia West. Ni siquiera la mafia. La familia West descendía de un largo legado de poderosas brujas. En el mundo sobrenatural, poseíamos un estatus. Menos yo, claro está. Aunque el apellido West me concedía cierto respeto, mis poderes mágicos eran bastante pobres, y eso era decir poco. Era un fracaso total en todo lo referente a la brujería y lo sobrenatural. Los talentos especiales conllevaban todo tipo de imprevistos, y yo quería una vida normal, la existencia despreocupada que parecía tener todo el mundo menos yo.

La tía Pearl era harina de otro costal. Sus poderes eran legendarios y no respondía ante nadie. Era de todo menos normal, incluso en el mundo mágico. Poca gente podía convocarla, y aún eran menos los que se ganaban su respeto y cooperación.

—Carla nos llamó.

La tía Pearl miraba hacia la carretera, así que no pude leer sus expresiones. Era poco probable que llorara, pero me pareció haber oído un sollozo.

—Pero ahora está muerta. No entiendo cómo…

—Hay muchas cosas que no entiendes, Cendrine —interrumpió la tía Pearl—. Deja de rebatirlo todo.

—Pero no puedo dejarlo todo y marcharme —protesté.

—No tienes elección. Tenemos que ir todas.

—Pero su la señora Racatelli ya está muerta, ¿no es demasiado tarde?

Carla Racatelli había sido la mejor amiga de la tía Pearl hasta que se marchó de Westwick Corners. No la había escuchado decir una palabra sobre ella desde entonces, pero aun así se la veía con el ánimo bajo y los ojos llenos de lágrimas de camino a su funeral. Era cuanto menos raro.

—Nunca es demasiado tarde para enmendar un error. Tenemos que eliminar la maldición Racatelli. —Mamá se sacó un pañuelo del bolso y me secó las lágrimas—. Hay cosas que no entiendes, Cen.

—Pruébame.

Cada vez estaba más frustrada y empeñada en descubrir la verdad. Era consciente de que nos separaba una brecha generacional, pero tenía veinticuatro años, era lo suficientemente adulta para merecer una explicación. No daba demasiado crédito a las maldiciones. No era lo que me correspondía viniendo de una familia de brujas, pero creía firmemente que había razones lógicas por las que las cosas salían mal.

Mamá negó con la cabeza.

—Ahora no, Cen. Lo descubrirás pronto.

—Eres peor que la tía Pearl. Si me habéis secuestrado, merezco saber por qué.

—Vamos al funeral de Carla y a resolver otros asuntos al mismo tiempo. Es todo lo que puedo decir por el momento. —Mamá miró hacia la tía Pearl que había vuelto al asiento del copiloto y bajó la voz —. Te contaré más cuando llegue el momento. Habrá gente interesante en el funeral.

—Si se supone que eso tiene que hacer que quiera ir, no funciona.

Me molestó el tono condescendiente con el que me había hablado mamá. También me molestó que se pusiera del lado de la tía Pearl.

—Habrá mafiosos, Cen. Tipos duros que no tienen nada que ver con la magia. —Sonrió.

—Mezclarse con delincuentes es muy mala idea, mamá. Me sorprende que le sigas la corriente a la tía Pearl.

Mamá era muy precavida y no solía abusar de sus poderes.

—Estamos haciendo una buena obra. Hay alguien que necesita nuestra ayuda.

—No veo quién puede necesitarme. Sabes que no sabría lanzar un hechizo si mi vida dependiera de ello.

La tía Pearl había conseguido convencer a mamá de que necesitaba sus poderes para hacer el bien, pero no entendía como encajaba yo en todo eso.

No tenía ninguna urgencia por salvar el mundo, y no podría hacerlo aunque lo intentara. Lo único que tenía de bruja era el apellido. Solo conocía unos pocos hechizos, nada que pudiera usar contra una maldición. Mi único talento especial era vigilar a la tía Pearl y sacarla de los problemas.

—Será una lección importante para ti. Tómatelo como prácticas externas.

—Todavía no estoy preparada para eso. Mezclarse con mafiosos parece bastante peligroso.

Había jurado no volver nunca a la Escuela de Encanto Pearl para retomar las clases, solo que no había reunido el coraje para contárselo a mi familia aún. Ellos creían que solo me estaba tomando un semestre sabático de las perlas de sabiduría de Pearl.

Mamá me dedicó una sonrisa comprensiva, pero ignoró mis palabras.

Suspiré.

—La tía Pearl te ha lavado el cerebro, ¿no lo ves? —No conseguía hacerla entrar en razón—. Además, ya he hecho planes para esta noche.

La tía Pearl se dio la vuelta hacia nosotras.

—Pongamos en orden nuestras prioridades, cariño. Tenemos que llegar a Rocco antes que sus enemigos.

—¿Rocco?

Casi me había olvidado del nieto de Carla Racatelli, que ya tenía edad suficiente para unirse al negocio familiar de los Racatelli. Todo el mundo sabía que su empresa de importaciones y exportaciones era un modo de esconder sus negocios en la sombra.

—Sí, Rocco. —Mamá puso su mano sobre la mía—. Necesita nuestra ayuda desesperadamente.

—No.

Cada minuto que pasaba tenía menos probabilidades de llegar a mi cita con Tyler, así que tendría que mentir. No podía admitir que era una bruja en una misión, y menos aún podía decirle que iba a ayudar a un mafioso. La ira crecía en mi interior.

—Cen, ahora... —empezó mamá.

—Seguro que no me necesitáis.

—Claro que sí, eres mi guardaespaldas.

—Solo peso unos kilos más que tú.

La tía Pearl pesaba unos cuarenta kilos, pero yo era un poco más alta, así que, prácticamente, teníamos la misma complexión.

La tía Pearl resopló.

—Mírate bien. Pesas al menos veinte kilos más que yo, puede que más.

—Eso no me convierte en tu guardaespaldas. —Iba de vez en cuando al gimnasio y estaba bastante en forma, pero suponía ninguna amenaza ante los mafiosos. Maldije por lo bajo—. Esto es cada vez más ridículo. Te pido que pares la caravana y me dejes salir.

—No puedo hacerlo —dijo la tía Pearl sonriendo con superioridad —. Por una vez podrías pensar en alguien que no seas tú misma.

—¿Mamá?

Normalmente mamá hacía entrar en razón a la tía Pearl, pero le había lavado el cerebro. Lo del funeral había sido su mejor carta.

Mamá esquivó mi mirada. Su hermana mayor la había coaccionado, hechizado, o ambas cosas a la vez. Fuera lo que fuera, estaba totalmente entregada a la causa.

—¿Seguro que no hay clientes en el hostal?

No es que el negocio nos fuera fenomenal, pero todos los fines de semana teníamos una o dos habitaciones ocupadas. No podíamos permitirnos perder ninguna reserva.

—Esa es la mejor parte, Cen. Pasaremos un par de días en Las Vegas y volveremos el viernes para recibir a los clientes. —Inclinó el respaldo de la silla hacia detrás—. Relájate y disfruta del viaje.

Mamá estaba solía estar en un estado de ansiedad permanente, pero en ese momento se la veía tan relajada que sospeché que iría drogada o algo peor. Me volví hacia la tía Pearl.

—Le has lanzado un hechizo. Quítaselo.

—Tranquila, Cen. Ruby trabaja demasiado, ya es hora de que se tome unas vacaciones, y Las Vegas es el destino perfecto. ¿Qué hay de malo en ayudarla a relajarse? Tómate un tranquilizante.

—No —contesté apretando los dientes, decidida a no ceder. No hubo respuesta—. Déjame el móvil por lo menos para llamar a *El murmullo de Shady Creek* y explicarme. No puedo perderme una entrevista de trabajo así como así.

—No hace falta. Ya la he cancelado yo por ti. —Sonrío.

—¿Que has hecho qué?

Mi cara se puso roja dentro de la asfixiante caravana.

—Te he hecho un favor. Acéptalo, Cen. No eres la mejor periodista del lugar.

Las palabras de la tía Pearl me ofendieron, aunque probablemente tuviera razón. Lo peor de todo era que no podía usar su móvil para llamar a Tyler o descubriría nuestra relación.

—Por última vez, vas a venir con nosotras. —Se sacó el boleto premiado del bolsillo y lo agitó ante mis narices—. El premio es la razón por la que podemos presentarle nuestros respetos a Carla. No hay magia involucrada. He ganado el dinero de manera justa en la lotería nacional. Nos tomaremos unas buenas vacaciones.

Puse los ojos en blanco.

—¿No tendrías que haber canjeado el billete primero?

La tía Pearl le quitó importancia con un gesto de la mano.

—Hay mucho tiempo para ello. Ya lo haré cuando volvamos a casa.

Me encontré con la mirada de Wilt en el retrovisor. Él también parecía dubitativo.

Me di la vuelta en mi asiento. Por primera vez, me fijé en el interior de la caravana. Alguien había tenido mucho gusto para decorarla y parecía totalmente nueva. Tenía que valer cientos de miles de dólares, pero estaba claro que la historia de la lotería de la tía Pearl era mentira. Me acerqué a ella y le toqué el hombro.

—¿Y si te has equivocado al comprobar los números? —Silencio. Otra vez su oído selectivo—. ¿También has secuestrado a Wilt? ¿Qué hay de su trabajo en la gasolinera?

—Ahora trabaja para mí —sentenció la tía Pearl, se giró y miró por la ventana.

—Wilt, para y déjame salir. —No había practicado con mis poderes lo suficiente como para conseguir teletransportarme, pero siempre podía hacer autostop—. Voy a volver al pueblo.

Eso captó la atención de mamá, aún con el hechizo de la tía Pearl.

—Ya te lo he dicho antes, no vas a hacerlo. Pero Pearl, dijiste que Cen había accedido a venir.

La tía Pearl estiró los brazos y casi le da al volante que sujetaban las manos de Wilt.

—Por última vez, no vamos a volver y no vas a hacer autostop. Vamos a ir a Las Vegas a la celebración de vida de Carla Racatelli. —La tía Pearl hizo una pausa y añadió—: Cuando hayamos presentado nuestras condolencias, consideraré tu petición.

Los próximos minutos fueron muy confusos, la caravana se salió del asfalto y volcó el arcén de gravilla.

CAPÍTULO 5

El asfalto caliente me quemaba la mejilla cuando recuperé la conciencia. Solo veía gris. Mis ojos enfocaron gradualmente y me di cuenta de que había aterrizado a unos metros del separador de la carretera.

Había salido despedida a bastante distancia de la caravana.

Me mantuve quieta unos instantes, atónita. Afortunadamente, no me había roto nada, solo tenía arañazos provocados por el asfalto. Me senté, asustada por verme en medio de una carretera de cuatro carriles. Oí el rugido del motor de un camión que casi me pasó por encima cuando me arrastraba fuera de la carretera.

—¿Qué ha pasado?

La caravana yacía de lado en la zanja opuesta de la carretera. De algún modo había volcado en el arcén. El lado que veía estaba totalmente abollado, como si hubiera dado varias vueltas de acampana.

Nadie me respondió.

—¿Mamá? ¿Tía Pearl?

El corazón me latía con fuerza mientras escrutaba la carretera buscando señales de ellas o de Wilt. Vi a mamá y a la tía Pearl inclinadas sobre Wilt, inconsciente, a unos cincuenta metros de la caravana. Me invadió una sensación de alivio y me puse en pie. Me dolía todo el cuerpo. Hice inventario de mis moratones mientras me acercaba a ellas.

—Un desastre tras otro —murmuré para mí misma.

Vi algo moviéndose por el rabillo del ojo. Primero pensé que la caravana se movía, pero no era eso. Se estaba volviendo transparente. La prueba de que la caravana era cosa de la magia de la tía Pearl.

Su boleto premiado tenía que ser falso también. De lo único que estaba segura era del funeral de Carla Racatelli. La tía Pearl no sería capaz de mentir sobre la muerte de su mejor amiga. Esperaba llegar al funeral de una pieza.

Estaba a pocos metros, lo suficientemente cerca para escuchar a mamá discutir con la tía Pearl.

—No seas tonta, tiene fácil arreglo —dijo la tía Pearl—. Es solo que no había hecho que el hechizo durara lo suficiente.

—No deberías arriesgar nuestras vidas de este modo, Pearl. No vuelvas a hacerlo.

—Deja de ser una aguafiestas y diviértete para variar. —La tía Pearl reparó en mí—. Vaya, me preguntaba dónde estabas.

Abrí la boca para responderle, pero mamá me dijo que no con la cabeza.

—Ayúdame con Wilt.

Mamá lo sacudió por los hombros y abrió los ojos de golpe.

—¿Qué ha pasado? No recuerdo nada.

—No pasa nada. Hemos chocado con un ciervo.

Wilt se frotó los ojos y se sentó.

—No recuerdo nada de eso. Ni rodar con la caravana.

—Aún estas un poco mareado. Te recuperarás —dijo mamá.

Wilt se puso en pie lentamente y miró atentamente la carretera.

—No veo el ciervo.

—Ha escapado. —Detestaba tener que mentir para cubrir a mi familia, pero me sentía mal por Wilt—. Llamemos para que vengan a por la caravana. Así podremos volver a casa.

La tía Pearl susurró algo en voz baja y la caravana se materializó progresivamente. Ya no estaba abollada.

—No, podemos continuar el viaje.

Wilt tuvo que mirar dos veces para creérselo.

—Pero creía que...

—Te has dado un golpe en la cabeza y no puedes pensar con claridad —dijo mamá—. O ver con claridad.

—Ruby tiene razón —corroboró la tía Pearl—. A partir de ahora conduzco yo.

—No voy a subirme en ese trasto —protesté—. No es seguro.

Con la tía Pearl al volante íbamos directas a los problemas, y no había vuelta atrás.

—Tienes que hacerlo. Todo depende de ti, Cen.

—¿Por qué de mí? No tiene sentido.

—Tiene todo el sentido del mundo, Cen. Estás a punto de descubrir tu misión.

La tía Pearl me pasó un brazo por encima y me abrazó.

Era el primer abrazo que recordaba de mi tía en veinticuatro años. Tendría que haberme sentido bien, pero escondía un deje de desesperación. Algo estaba pasando, y no creía que me fuera a gustar.

LLEGAMOS al Hotel Babylon de Las Vegas a primera hora de la mañana, dieciocho horas después de haber salido de Westwick Corners. Habíamos conducido toda la noche, solo habíamos parado a reportar gasolina. Estaba magullada, maltrecha y agotada por el accidente con la caravana y la conducción temeraria de Wilt y de la tía Pearl.

Y mi vestido aún olía a gasolina.

—Cen, ¡mira este sitio! —Mamá señaló las carísimas columnas de mármol que rodeaban el vestíbulo y a los numerosos pisos del edificio —. Es el hotel y casino Racatelli.

—¿Son los dueños del hotel?

Su actual fortuna distaba mucho de la casita con dos dormitorios y el negocio de chatarra que tenían en Westwick Corners años atrás.

Siempre había sospechado que la chatarrería era un modo de esconder los negocios turbios de Tommy Racatelli. La riqueza repentina era la prueba de que el hotel se había financiado con dinero ilegal. A menos que, al igual que la tía Pearl hubieran tenido un tremendo golpe de suerte.

Si ese había sido el caso, la fortuna parecía haberse esfumado. Primero para Tommy y luego para Carla. Probablemente Rocco fuera el siguiente. Esperaba que no formara parte de la misión secreta en la que estábamos. Se burlaba de mí en la escuela, y cuanto más recordaba a mi molesto compañero, menos ganas tenía de verlo.

Miré a mi alrededor mientras mamá y la tía Pearl hacían el registro de entrada. El inmenso hotel había sido construido como una villa romana, con un patio enorme lleno de fuentes y jardines colgantes. Todas las plantas daban al patio interior. Como se trataba de Las Vegas, el patio no estaba al aire libre. Treinta y dos plantas más arriba había una cúpula de cristal que reflejaba la luz del sol. Estaba pensado para mantener a la gente dentro.

Me estremecí en el vestíbulo aclimatado con aire acondicionado cuando pasé arrastrando los pies por delante de los jugadores de apuestas medio dormidos.

Seguía sin tener más información del motivo por el que estábamos allí. Lo único que tenía claro era que estaba atrapada en Las Vegas, al menos temporalmente. También tenía calor y hambre y estaba agotada. Necesitaba echar una cabezada desesperadamente. Pensé que llamaría a Tyler cuando nos hubiéramos registrado y me disculparía por dejarle plantado. Luego aún tendría unas horas para dormir y averiguar cómo volver a casa, con o sin mamá y la tía Pearl.

CAPÍTULO 6

No es que me esperara una fiesta de bienvenida, pero las balas me sorprendieron. Llegaron desde todas partes y los proyectiles rebotaron en las paredes de mármol. Corrí hacia la salida y me topé con dos corpulentos hombres que me duplicaban en tamaño corriendo en dirección contraria. Llevaban polos de golf y pantalones cortos. Parecían turistas, excepto por las pistolas que agitaban en el aire. El más bajito de los dos maldijo mientras me apartaba de su camino de un empujón.

Se me enganchó el zapato con la alfombra y caí justo cuando dos hombres trajeados aparecieron en dirección contraria. Claramente iban detrás de los otros hombres y actuaban como si fueran los dueños.

Se me aceleró el pulso cuando los hombres se acercaron y sus pasos resonaron sobre el suelo de mármol. Me quedé petrificada debatiéndome entre dos opciones igualmente malas: quedarme quieta a plena vista o buscar un escondite arriesgándome a recibir un proyectil durante el camino.

Me arrastré hasta la zona de las mesas y me cobijé bajo una mesa de café hecha con madera de caoba.

El tiroteo terminó tan repentinamente como había empezado.

Suspiré aliviada hasta que me di cuenta de que los dos hombres vestidos con ropa casual estaban recargando las pistolas. Los trajeados se detuvieron a poca distancia de mí con sus armas semiautomáticas apuntando a sus contrincantes. Uno de ellos dio una orden a través de los auriculares y, unos instantes después, se cerraron las puertas del hotel.

—¡Eh! ¡Dejadme salir!

Un hombre delgado, vestido con vaqueros y camiseta intentó girar el picaporte sin éxito. La puerta no se movió. Volvió a mirar los participantes en el tiroteo con expresión aterrorizada. Se escondió detrás de una hilera de palmeras.

La gente gritaba.

Una de las palmeras cayó y golpeó el mármol.

Estábamos atrapados en medio del tiroteo, suponía que la tregua era temporal, pero no sabía qué hacer a continuación. El pánico se apoderó de mí mientras consideraba mis opciones. Me protegía la mesa de café, pero mi escondite estaba justo en medio del vestíbulo. Estaba paralizada de miedo. Cualquier movimiento que hiciera me colocaría en la línea de fuego.

Los hombres estaban unos frente a otros, a poca distancia de mi escondite bajo la mesa de caoba. Permanecieron en silencio unos instantes, evaluándose unos a otros. Uno de los hombres de traje susurró algo en italiano que no alcancé a escuchar.

Alguien maldijo y entonces, se desató el infierno. Empezó un largo intercambio de proyectiles. No podía ver mucho desde me refugio, pero unos segundos después, el más bajito de los del polo dejó caer el arma y se perdió las fuerzas. Se tambaleó hacia adelante y una mancha carmesí empezó a extenderse lentamente por sus pantalones de color beige.

Su compañero pasó el brazo por debajo del herido y lo arrastró hacia la salida. Me quedé paralizada, incapaz de moverme. Era tanto un testigo como un blanco fácil. No había rastro de mamá y de la tía Pearl.

Sus contrincantes los siguieron, pero se mantuvieron a unos tres metros de ellos. No hicieron señas de volver a disparar. Si las balas eran una invitación para marcharse, era bastante convincente.

La puerta, que funcionaba con control remoto, se abrió y los hombres perseguidos desaparecieron a través de ella.

Cuando se hubieron marchado, los otros dos hombres dieron media vuelta y volvieron lentamente al vestíbulo. Hablaban en voz baja, pero el espacioso vestíbulo aumentaba el volumen de su conversación. Comentaban el combate de pesos pesados de la noche anterior, como si el tiroteo que acababa de suceder fuera lo más normal del mundo.

Recordé a Carla Racatelli mientras observaba el espacio desde debajo de la pesada mesa. Teniendo en cuenta los antecedentes de la familia, me pregunté si el tiroteo estaría relacionado de algún modo con la muerte de Carla. Me parecía mucho más probable que la maldición que habían dicho mamá y la tía Pearl.

Me daba igual estar en Las Vegas, no tenía intención de poner a prueba mi suerte asistiendo al funeral. El hotel no era un lugar seguro, y estaba segura de que el funeral lo sería aún menos. Tenía que hacer todo lo que estaba en mis manos para sacar a mamá y a la tía Pearl de la misión en la que se encontraban. A veces era mejor no tentar al destino.

Teníamos que volver a Westwick Corners y no había tiempo que perder.

CAPÍTULO 7

No veía a nadie más, aparte de los dos hombres trajeados en el vestíbulo. No había rastro de mamá, la tía Pearl y Wilt. Si había más gente escondida tras los muebles y las columnas de mármol, no los veía. O bien se habían escondido justo cuando había empezado el tiroteo, o bien habían escapado por las escaleras o los ascensores.

Contuve el aliento cuando escuché unos pasos. Un hombre desarmado se acercaba a pasos largos hacia los de las pistolas. Andaba por el vestíbulo del hotel como si fuera su casa. Lo vi andar todavía desde mi escondite. Llevaba unos vaqueros negros y una camisa de lino que tenía pinta de ser bastante cara y dejaba entrever su musculado torso. Lucía una sonrisa de superioridad que daba a entender que era el jefe.

Era el tipo de chico arrogante que detestaba, pero me costaba quitarle los ojos de encima. Era alto, moreno, y me resultaba extrañamente familiar. Se detuvo de repente y miró en mi dirección. Me dio un brinco el corazón cuando sus ojos azules de acero se detuvieron en los míos.

Pillada.

Me escondí aún más bajo la mesa y contuve la respiración. Mi vida iba a acabar antes de que empezara lo bueno. Estaba claramente en su territorio y no querría dejar testigos.

Al cabo de lo que me pareció una eternidad, apartó la mirada y siguió andando en la misma dirección. Le dio una patada al revólver caído con su bota de cuero de becerro enviándola ruidosamente por encima del mármol hacia mí. Aterrizó a pocos centímetros de mi escondite.

El cañón apuntaba hacia mí y agradecí mi suerte porque no se hubiera disparado por el impacto. Contuve la respiración, asustada por si uno de los hombres venía a por la pistola y me descubría bajo la mesa.

El chico se reunió con ellos en la puerta delantera. Los dos estaban claramente bajo sus órdenes. El jefe se detuvo y se giró. Escrutó el vestíbulo con la mirada una vez más antes de volverse hacia mí.

De algún modo, me había visto, a pesar de mi escondite. Me sentí expuesta y vulnerable, como si no tuviera la mesa para protegerme. Por otra parte, él no había dado señas de que fuera a delatarme, así que bajé un poco la guardia.

También sentí un subidón de adrenalina, y algo que no sabría cómo describir. Mi extraña atracción hacia él era casi suficiente para sacarme de mi escondite. Mientras me retorcía para no perderlo de mi campo de vista, me di un golpe en la cabeza contra la mesa.

—¡Mierda!

Notaba la cabeza dolorida y mi voz atravesó el silencioso vestíbulo.

El que estaba al mando frunció el ceño. Segundos después se dio la vuelta sin soltar palabra y se llevó a los otros dos a través de las pesadas puertas que ya no estaban bloqueadas. Uno de los empleados pasó delante, seguido por su atractivo jefe.

El otro dibujó un semicírculo con el arma para asegurarse de que nadie los siguiera. Después de lo que pareció una eternidad, salió del edificio. Segundos después se oyó cómo se cerraban las puertas de un coche y el chirrido de unos neumáticos en la distancia.

Tras un instante de silenció absoluto estallaron los gritos de pánico. Después de todo no estaba sola en el vestíbulo. La gente salió de sus escondites y corrió por el vestíbulo en busca de sus seres queridos.

Me quedé debajo de la mesa, sorprendida por el tiroteo y por mi atracción hacia el apuesto desconocido. Abrí la boca para hablar pero no conseguí articular ningún sonido. Siempre he sido un desastre.

—¡Ay!

Alguien me dio una patada en el tobillo y rodé para acabar encontrándome de cara con la tía Pearl. Me alegré de que no hubiera estado bajo la mesa unos segundos antes.

—Déjame ir a casa, tía Pearl. Esto parece una película de las malas, solo que es real. ¿Qué diablos acaba de pasar?

No se me ocurría ninguna razón por la que se intercambiaran balas en un hotel de cinco estrellas.

La tía Pearl frunció el ceño y se escurrió bajo la mesa.

El pánico crecía en mis entrañas mientras buscaba a mamá y a Wilt. Estaban a mi lado los instantes previos al tiroteo, pero no los veía por ningún lado. Empecé a sudar al escuchar las sirenas de la policía. Avancé lentamente y me asomé fuera de mi escondite mientras el volumen de las sirenas aumentaba.

Había gente por todas partes, algunos lloraban, otros se abrazaban conmocionados. Una docena de personas empujaba hacia la salida, ignorando el hecho de que estaban siguiendo los pasos de los hombres armados.

Me deslicé lentamente fuera de la mesa y me senté. No me atrevía a alejarme demasiado de mi refugio. A mi lado, una mujer gritaba frenéticamente por teléfono mientras otros intentaban entrar en los ascensores, impacientes por escapar a la seguridad de sus habitaciones en las plantas superiores.

Vi a mamá cuando se levantó de detrás de un mullido sofá. Wilt estaba a su lado. Aliviada, volví a mirar a la tía Pearl. Se sentó y cruzó las piernas sobre una gruesa alfombra cerca de la mesa. Sus manos descansaban sobre los muslos en una pose de yoga, como si estuviera meditando en medio de todo aquel caos.

Pero yo sabía lo que hacía. Estaba conjurando algún hechizo. Le tendí la mano, pero me la apartó enseguida.

—Maldición, lo hemos perdido.

—¿A quién hemos perdido? —pregunté—. ¿Qué es lo que no me estáis contando?

El vestíbulo se había llenado de una docena de policías. Conducían a la gente en fila hacia el mostrador de recepción, donde interrogaban a los testigos uno a uno. Había agentes en las salidas y en los ascensores, así que nadie podía salir del vestíbulo. Era cuestión de tiempo que nos interrogaran a nosotras.

—¿Has visto al guaperas? —preguntó la tía Pearl poniendo cara de inocente.

Me encogí de hombros, temerosa de decir algo que pudiera revelar mi atracción.

—A juzgar por tu reacción, es evidente que sí. Era Rocco, el nieto de Carla —explicó una sonriente tía Pearl—. ¿Cómo es posible que no lo hayas reconocido después de tantos años? Cuando erais pequeños siempre jugabais juntos. ¿Te acuerdas?

La tía Pearl miraba melancólicamente a la nada.

—Ese chico no era Rocco.

No había visto a Rocco desde el instituto, pero mi aburrido compañero de clase no se parecía en nada al misterioso y apuesto hombre que había entrado antes. Lo sabía porque me había fijado mucho en él. El hombre misterioso era inolvidable.

Me puse en pie, caminé hacia el sofá que había detrás de mí y escaneé el vestíbulo. Aparte de los turistas aturdidos, no había muchas pruebas del tiroteo. Solo unos pocos agujeros de bala en las paredes que la policía estaba examinando atentamente.

Era bastante increíble que nadie hubiera salido herido en el tiroteo.

—Tenemos que hablar con la policía. Somos testigos.

—No seas tonta, Cen. No podemos llamar la atención. Eso ya lo hace Rocco. Le encanta el dramatismo —rio la tía Pearl llevándose una mano a la boca—. Aunque debería contenerse un poco. A Manny no le va a gustar.

—¿Qué te parece tan gracioso? Nos acaban de disparar. Tenemos que salir de aquí.

Quería preguntarle quién era Manny, pero claramente era lo que la tía Pearl pretendía, y pensaba darle la satisfacción de seguir sus planes.

La tía Pearl asintió.

—Tienes razón. Dejemos el equipaje arriba y vayamos al casino. Tienes que relajarte. Quizás incluso veamos a Rocco.

—Es la última persona a la que quiero ver ahora.

Era en parte cierto y en parte mentira. Podría pasarme la vida mirando a ese hombre. Pero no quería ser un peón en una de las travesuras de la tía Pearl. Y tampoco quería retomar el contacto con un chico de mi pasado que nunca me había caído muy bien. Por muy guapo que fuera.

—Deja de ser tan negativa. —La tía Pearl puso los ojos en blanco—. Has venido todo el camino quejándote por la gasolina y por tu entrevista de trabajo.

—¿Y por qué no iba a hacerlo? Me has obligado a venir aquí.

La tía Pearl le quitó importancia con un gesto de mano.

—Pobre Rocco. Acaba de perder a su abuela y tú solo piensas en ti. No tendría que haberte traído con nosotras.

—En eso tienes razón. No tendrías que haberlo hecho. No quiero tener nada que ver con Rocco ni con lo que sea que os traigáis entre manos.

Mi humor mejoró un poco cuando mamá y Wilt se unieron a nosotros en la zona de los asientos.

La tía Pearl dibujó una sonrisa maliciosa.

—Rocco no es solo un chico majo, Cen. Es ambicioso e inteligente. Haríais buena pareja.

—No entiendo qué tiene que ver nada con nada.

La idea de la tía Pearl de juntarme con Rocco mientras aún seguía de luto por su abuela era demasiado incluso para ella. Solo esperaba que no hiciera nada para avergonzarme.

—Ya lo verás, Cen. —Una sonrisa se dibujó en los labios de mi tía mientras me pasaba un brazo por los hombres—. Ya lo verás.

CAPÍTULO 8

Nos registramos cuando la policía de Las Vegas terminó de interrogarnos y de apuntar nuestros datos personales. Estaba exhausta, y eso que solo era la hora de desayunar.

Estaba enfadada con la tía Pearl por el modo que tenía de ocultar la verdad.

—¿Por qué no le has dicho a la policía que conocías a Rocco?

—No me lo han preguntado así que, ¿por qué mencionarlo? De todos modos, no es de gran importancia

Negué con la cabeza.

—Claro que es de gran importancia. Estaban con los que han disparado.

—Da lo mismo. Tenemos una tarea que cumplir y es de vida o muerte, así que hemos que quedarnos bajo el radar.

—¿Qué tarea?

La tía Pearl apretó los labios y se alejó. Me ignoró descaradamente mientras seguimos al botones con nuestro equipaje a través de los ascensores, zigzagueando entre grupos de turistas desconcertados.

Lo único bueno del caos del vestíbulo había sido que Wilt iba a desaparecer. Había decidido quedarse en la caravana en vez de en la suite que supuestamente teníamos que compartir los cuatro. Me sentí aliviada, ya que incluso las brujas mediocres como yo tenían que soltarse el pelo y hacer magia por un rato.

Eso habría sido imposible con Wilt en la suite, y mi temperamento ya se estaba agotando debido al trayecto. Una de nosotras fallaría tarde o temprano. Esconder los poderes mágicos las veinticuatro horas del día era casi tan agotador como ser bruja.

El botones nos condujo a un ascensor privado apartado de los demás. Las puertas se abrieron y subimos al ascensor como clientes de primera clase, atrayendo las miradas de docenas de gente que hacía cola ante los ascensores normales. Seguro que nuestro trato especial venía con condiciones.

Nos siguió hasta dentro del ascensores, empujando un carrito de latón forrado con terciopelo en el que transportaba nuestro equipaje. Pasó su tarjeta y pulsó uno de los muchos botones marcados con letras en lugar de números. Pulsó una "R" escrita con una elegante caligrafía.

Me sorprendió ver mi maleta entre el equipaje. No había preparado nada para el inesperado viaje. O bien la tía Pearl había traído mis cosas porque había planeado secuestrarme desde el principio, o bien había usado la magia.

Apenas tuve tiempo de planteármelo antes de que las puertas del ascensor se abrieran ante un espacioso pasillo con unos techos increíblemente altos. Las paredes estaban decoradas con enormes pinturas impresionistas sobre una fuente de mármol en la cual borboteaba agua de colores.

Mamá miró boquiabierta a su alrededor cuando salió del ascensor.

—¿Seguro que es esta habitación? Parece un chalé.

La decoración era un cruce entre un pintoresco piso francés y una villa italiana de mediados de siglo que había pasado por una rara renovación en los años setenta. Había muchos otros elementos decorativos mezclados, pero esos eran los principales. Al igual que el vestíbulo, era una mezcla de distintas épocas.

La ornamentada arquitectura europea contrastaba con las alfombras de pelo doradas. Justo en el centro de la estancia había una zona de descanso con el suelo más hundido que el resto. Recordaba a una comedia de Mary Tyler Moore de los setenta. Una escalera de caracol de hierro forjado conducía a un segundo piso, donde supuse que se encontraban las habitaciones.

La exagerada decoración interior me hizo olvidar por un instante que estábamos en la moderna ciudad de Las Vegas y no en un barrio bohemio y retro de Versalles. Me quedé quieta en el pasillo, asombrada.

—Adelanta, que no tenemos todo el día —dijo la tía Pearl agarrándome por el brazo y empujándome dentro de la suite—. Tenemos asuntos de los que ocuparnos.

Me solté de su agarre y me quedé mirando una de las enormes pinturas. A juzgar por las pinceladas y el trabajado marco, el cuadro debía ser auténtico y muy antiguo.

Tenía pinta de ser de los años treinta. Había una mujer sentada con un vestido de lentejuelas rematado con una larga cadena de perlas. Tenía los mismos ojos azules que el chico del vestíbulo. Tras ella, había un hombre bajito con traje de rayas.

Pasé la mano por la por la parte inferior del marco. Se inclinó ligeramente, así que lo volví a colocar. Era la primera suite en la que me alojaba donde las pinturas no estaban atornilladas a la pared. Pero había algo más. En el lugar de uno de los ojos del hombre, había un agujero de bala.

Di un respingo y me volví hacia mamá y la tía Pearl, pero ya no estaban en el recibidor. Las seguí dentro de la suite y vi al botones llevar nuestras maletas por la escalera de caracol.

—¡Bienvenidas! —Una profunda voz masculina resonó detrás de mí.

Me sobresalté y me giré para ver un apuesto chico de unos treinta años formalmente vestido con un traje oscuro. Mi primer pensamiento fue que se había vestido para el funeral.

Sonrió y me tendió la mano.

—Soy Christophe, su mayordomo.

Fruncí el ceño al darle la mano y observé la suite. Tendría casi doscientos metros cuadrados solo en la planta principal más los metros adicionales de la planta de arriba.

—Creo que ha habido un error. Esta no es nuestra habitación.

Christophe me sonrió amablemente pero no contestó.

—No podemos permitirnos alojarnos en un sitio así —dijo mamá dirigiéndose a Pearl—. Debe de costar una fortuna. Exactamente, ¿cuánto has ganado en la lotería?

—No te preocupes por eso. Luego te lo digo.

—¿Les puedo ofrecer unos cócteles, señoritas? —preguntó Christophe.

—Son las nueve de la mañana —respondí—. ¿No crees que es un poco pronto?

Las bebidas preparadas por el mayordomo tendrían que ser muchísimo más caras que las bebidas del minibar. Aunque la tía Pearl hubiera ganado la lotería de verdad, dudo mucho que se lo pudiera permitir.

—No hay mejor momento que el presente —rio mamá—. Vive un poco, Cen.

Cogí a la tía Pearl del brazo y me la llevé a un lado.

—¿Qué le has dado a mamá? Nunca la había visto así.

—Cálmate. Para variar está pasándolo bien en lugar de trabajar hasta agotarse en aquel estúpido hostal.

—Quieres que el hostal quiebre. Por eso nos has traído aquí.

No era ningún secreto que a la tía Pearl no le gustaba nuestro negocio en Westwick Corners. Volví a mirar a mamá. Estaba junto a la barra donde Christophe daba los últimos toques a las tres bebidas de aspecto frutal.

La tía Pearl cogió una y se dirigió a las puertas francesas que llevaban a la terraza.

Mamá cogió otra copa y vació media de un trago.

—Este hombre es un genio. Ojalá pudiera contratarte para nuestro hostal.

Christophe sonrió.

—Quizá pueda. Pronto me quedaré sin trabajo, estoy cansado de Las Vegas. Hábleme de su hostal.

—No es tan grande como el Hotel Babylon. El hostal Westwick

Corners solo tiene doce habitaciones y está en un pueblo casi fantasma. —Mamá rio nerviosamente mientas se acababa la bebida—. Demasiado aburrido para un joven como tú. Me siento tonta solo de pensarlo.

Christophe le cogió la copa y volvió a la barra a rellenarla.

Mamá lo siguió de cerca.

Salí a la terraza y me reuní con la tía Pearl. La terraza del ático era casi tan grande como la propia suite. Tenía su propia piscina, una bañera de hidromasaje y tumbonas colocadas para observar la mejor vista de la ciudad, que probablemente sería magnífica por la noche. A aquellas horas tempranas aún estaba tranquila, como si la mitad de la ciudad aún estuviera durmiendo.

Me volví hacia la tía Pearl.

—Mamá tiene razón. De ningún modo podemos permitirnos este lugar, ni con un gran descuento.

—Relájate —dijo la tía Pearl—. Puede que sea la suite más lujosa, pero no nos cuesta un centavo.

—No somos jugadoras, y no podemos quedarnos aquí a cambio de nada. ¿Cuál es el precio?

—No hay precio —contestó la tía Pearl guiñándome el ojo.

Mamá salió de la suite, como si fuera una señal. Pasó desestabilizada por mi lado, derramando gotas de su copa por el suelo.

—No hay nada gratis, porque el hotel espera que gastemos miles de dólares apostando. Puede que ni siquiera tu premio de la lotería sea suficiente. De hecho, podría ser un desastre.

Mamá se refería al problema de la tía Pearl con las apuestas. Los premios de lotería era un arma de doble filo. Dudaba que mi tía se mantuviera alejada de las máquinas tragaperras por mucho tiempo.

—No he gastado un centavo en la suite ni en ninguna otra cosa. Rocco nos reservó la habitación porque nos considera de la familia. No es que no me lo pueda permitir. Además, puedo apostar si me viene en gana. Soy millonaria y tengo dinero que gastar.

Recordé el chico de antes y el tiroteo del vestíbulo. No me gustaba deberle favores a un chico que necesitaba guardaespaldas. Probablemente, la tía Pearl hubiera malinterpretado la invitación, si es que esta existía. Pensé que más tarde iría a la recepción para comprobar el precio de la habitación.

Mamá señaló a la tía Pearl con el dedo.

—Sigo pensando que tendríamos que habernos quedado en la caravana. Así estamos preparadas para huir si las cosas se ponen feas.

Se dirigió hacia las tumbonas sin esperar repuesta.

La tía Pearl se volvió hacia mí y puso los ojos en blanco.

—Tenéis que dejar de preocuparos y pasároslo bien.

—¿Cómo quieres que lo hagamos? Nos has engañado a las dos para venir a tu mágico viaje misterioso, y no nos das detalles de cómo ni cuándo ganaste la lotería. No me voy a relajar hasta que me cuentes qué está pasando.

Casi prefería irme a la caravana con Wilt. Casi, pero no lo suficiente.

—De acuerdo, te lo diré, pero no puedes contárselo a Ruby. —La tía Pearl se masajeó las sienes—. Es complicado. No sé ni por dónde empezar.

—¿Qué te parece empezar explicando el tiroteo?

La tía Pearl se llevó las manos a la boca.

—¿Verdad que ha sido horrible? No tengo ni idea de cómo ha pasado.

Levanté la mano en señal de protesta.

—Creo que sabes exactamente qué es lo que pasa, y si no me lo cuentas, me voy. Encontraré un modo de volver a casa. —Parecía que lo tuviera todo planeado, incluyendo la dramática confesión que estaba a punto de ofrecerme—. Alquilaré un coche o algo.

—¿Cómo? Te has dejado el bolso y no tienes dinero.

—Ya me inventaré algo.

—Si practicaras la magia podrías hacer aparecer uno. Que desperdicio de talento. —Negó lentamente con la cabeza.

—No cambies de tema, tía Pearl.

—Vale, de acuerdo. —Suspiró—. ¿Qué quieres saber?

—Todo. Empezando por los hombres de abajo. Sabes algo que no me estás contando.

O bien estaba involucrada, o bien sabía más de lo que decía.

La tía Pearl se secó una lágrima imaginaria.

—No iba a contárselo a nadie, pero, para ser sincera, será un alivio tener una confidente. Alguien de mi lado.

—No he dicho que esté de tu lado. Solo quiero saber en qué nos has metido.

—Ya se han llevado a Carla, y a Tommy antes que a ella. —La tía Pearl contuvo el aliento—. Se llevarán a Rocco también si no los detenemos. Tengo un plan.

Me tapé los oídos.

—Nosotras no vamos a detener a nadie. ¿Mamá sabe algo de esto?

—Hay cosas que es mejor que no sepa.

—¿Cómo qué?

—Secretos familiares —dijo la tía Pearl—. Le rompería el corazón a Ruby.

CAPÍTULO 9

Me bebí el cóctel de frutas. La afirmación de la tía Pearl me chocaba bastante. No recordaba a mi madre viéndose con nadie, menos aún teniendo una relación seria. Y no tenía motivos para mantenérmelo en secreto.

Papá desapareció sin dejar rastro cuando yo iba a primaria. Desde entonces, mamá se había centrado en la cocina, la repostería y la jardinería. Incluso había hecho vino con nuestros viñedos y había convertido nuestra vivienda en un precioso hostal. Siempre estaba ocupada, nunca mencionaba a papá. Tampoco mencionaba citas o novios estables.

Sin embargo, la tía Pearl afirmaba lo contrario.

—Ruby fue abandonada por su amante. La dejó por Carla Racatelli.

—¿Qué amante? Te lo estás inventando.

Mamá no había salido de Westwick Corners desde que tenía uso de memoria, y no tenía ningún pretendiente que yo supiera. Era demasiado casera para llevar una doble vida. Pero mi tía parecía estar hablando en serio. Aquella vez no parecía estar mintiendo.

La tía Pearl negó con la cabeza.

—Ojalá fuera invención mía. Me gustaría poder borrar todo lo que ha pasado. Pero no puedo. Volvamos dentro para hablar sin que Ruby nos oiga.

La seguí a regañadientes, asombrada ante la posibilidad de que mamá pudiera tener una relación secreta. También estaba dolida por que tuviera secretos conmigo.

—¿Por qué no me habló mamá de este hombre? ¿Cuándo lo veía?

—Es bruja, Cen. Una bruja competente tiene muchos métodos a su disposición para estar en varios sitios a la vez. Si practicaras más a menudo lo sabrías —me reprochó—. Ruby sabía que no aprobarías su romance, así que nunca te lo contó. Eres tan puritana y moralista...

—¿Desde cuándo eso es algo malo?

Me senté en un enorme sillón en diagonal con la tía Pearl, que se había sentado al borde de un larguísimo sofá de cuero blanco.

—No he dicho que lo fuera. Pero Ruby sabía que la juzgarías.

—Yo no juzgo.

La idea de que mamá tuviera vida amorosa no se me había pasado por la cabeza. Supongo que tendría que haberme esperado que en algún momento comenzara a salir con alguien. Habían pasado décadas desde que papá se marchó. Pero nunca pareció estar interesada en relaciones, y no era de las que guardaban muchos secretos. Tenía que haber algo más. Y, al parecer, lo había.

—Ruby tendría que alegrarse por haberse deshecho de aquel holgazán. —La tía Pearl se recostó en el brazo del sofá, estirando sus delgadas piernas ante ella—. ¿Quién sabe? Podría haber acabado como ella.

Tragué saliva.

—¿Crees que él mató a Carla? ¿Quién es ese hombre?

—Huesos Battilana. Uno de los capos de la mafia más poderosos de Estados Unidos. Quería mudarse a Las Vegas, pero todo el estado de Nevada está controlado por los Racatelli. Los rumores dicen que Huesos se deshizo de Tommy hace unos años para arrebatarles el control. Nunca se imaginó que Carla tomaría las riendas. Resultó ser mucho mejor en los negocios de lo que Tommy había sido nunca. Así que su plan de hacerse con el poder fracasó.

—¿Entonces sedujo a Carla? —Poco a poco iba asimilando los

acontecimientos—. ¿Estás diciendo que mamá salía con un mafioso y que la dejó por Carla? Es una locura.

—Sí, podría decirse que sí. No sé qué hacer. —La tía Pearl levantó las manos derramando cóctel de frutas por el sofá—. Ahora entiendes porqué necesito tu ayuda. No quiero que se asuste al ver a Huesos en el funeral.

—Supongo que lo mejor será que se lo cuentes pronto.

El cóctel me estaba subiendo. Me sentía mareada y solo había tomado unos sorbos. De hecho, parecía que nos estaba afectando a todas extremadamente. Podía sonar paranoico, pero empezaba a preguntarme si contenía algo más que alcohol.

Christophe apareció instantes después con un trapo y una botellita de limpiador. En cuestión de minutos había eliminado todo rastro de bebida derramada. Sonrió con orgullo, recordándome a una versión masculina de Martha Stewart esperando a revelar sus trucos.

Christophe hizo una ligera reverencia y se marchó en dirección a la cocina. Esperamos sentadas en silencio hasta que se alejó lo suficiente.

—Bueno, Cen... eres muy buena gestionando las crisis... —empezó la tía Pearl sujetándose la barbilla como si considerara mi talento (o la falta de él) por primera vez—. Es un asunto muy delicado y eres mucho mejor que yo en estas cosas.

—No. ¿Cómo voy a hablarle a mamá de algo que, en primer lugar, ni se supone que debería saber?

—Ya te inventarás algo. —Escudriñó la suite para asegurarse de que no hubiera nadie escuchando. Su voz se convirtió en un susurro —. Huesos Battilana es un pez gordo por estos lares. Tenemos que mantenerlo en secreto.

—Creo que te lo estás inventando todo. Mamá no habría salido con un gánster ni en un millón de años, mucho menos con un tipo llamado Huesos.

Que mamá saliera con un tipo con el nombre de una parte del cuerpo me daba escalofríos.

—Puede que Ruby fuera tu madre, pero al fin y al cabo es como todas las mujeres. Lleva casi una década viéndose con él. Todas tenemos necesidades, Cen. Incluida yo.

Las cosas se estaban volviendo raras a cada minuto. Ya era bastante difícil imaginar a mamá con un hombre, pero pensar en la gruñona tía Pearl teniendo ese tipo de "necesidades" no cuadraba ni con su personalidad ni con su estilo de vida. Nunca se había casado y siempre había parecido odiar a todos aquellos con cromosoma Y.

—El tipo debe tener un nombre real

—Danny. Todo parecía ir bien hasta hace unas tres semanas, cuando Huesos, quiero decir, Danny, le dijo a Ruby que tenía que hacer un viaje de negocios a Asia durante un mes. No lo ha vuelto a ver desde entonces. Ella cree que todo va bien entre ellos. En realidad, la dejó por Carla, pero no tuvo huevos para decírselo a la cara.

—Y ahora Carla está muerta. En qué mal momento.

—O quizá buen momento. Me parece algo positivo que Huesos matara a Carla —dijo la tía Pearl—. Por eso te he asignado el proyecto *Vegas Vendetta.* Tenemos que investigar el asesinato de Carla y vengar su muerte. Y tu primera tarea es decirle a Ruby lo que el no tan buen novio suyo ha estado tramando.

Por lo menos era el ex de mamá, pero el hecho de que fuera sospechoso del asesinato de Carla me puso los pelos de punto. No sabía nada de la muerte de Carla, pero tenía que haber otra explicación. Me sobresalté cuando las puertas francesas se abrieron de golpe y entró mamá.

—¡No vamos a hacer nada de eso!

—¿Eh?

Mamá nos sonrió desde el umbral de la puerta. Se tambaleó al levantar la copa vacía para brindar con nosotras. No solía beber y nunca antes la había visto borracha. Parecía ser el día de las primeras veces, ninguna de ellas buena.

—Será mejor que le venga de tu parte que de la mía. Sabes que yo lo fastidiaré. —La tía Pearl se revolvió en el sofá y se acercó las rodillas al pecho. Me dedicó una sonrisa falsa—. Porfa.

La tía Pearl nunca aceptaba un no por respuesta, y habría consecuencias fatales para mí a menos que me ciñera a su plan. Me sentía acorralada.

—No habías dicho que Carla había muerto asesinada. ¿Lo sabe mamá?

Mamá inclinó la copa y fue tambaleándose por delante de nosotras hasta llegar a la cocina en busca de Christophe y su elixir mágico.

La tía Pearl esperó a que entrara.

—Sí.

—Tendrías que haberme dicho todo esto mucho antes.

—¿Qué quieres que diga? La relación de Ruby era su secreto y me hizo jurar que se lo guardaría. —La tía Pearl levanto las manos con las palmas hacia delante. Su labio inferior tembló—. Lo sé, Cen. Fue una mala decisión por mi parte. Pero es un poco tarde para arreglarlo. Se le partirá el corazón. Creía que Huesos iba a proponerle matrimonio.

—Danny.

La tía Pearl puso los ojos en blanco.

—De acuerdo. Danny.

Otro bombazo.

—El tiroteo del vestíbulo… ¿era parte de los negocios de Battilana?

La tía Pearl asintió.

—Los hombres de Rocco se estaban defendiendo de otro golpe de Huesos Battilana. Tenemos que detenerles antes de que lleguen a Rocco. Por eso tienes que decirle a Ruby lo del romance ilícito con Carla. No podemos arriesgarnos a que se acerque a él. Es peligroso e impredecible.

—¿La policía no lo ha arrestado aún?

La tía Pearl negó con la cabeza.

—Finge ser un marido muy afectado por la muerte de su mujer, y la policía se lo está creyendo. Aunque el marido siempre es el primer sospechoso. Mientras tanto, sigue como siempre, intentando apoderarse del control de las pertenencias de Carla. Por eso se casó con ella. No podía arrebatarles a los Racatelli el control de Las Vegas, así que se unió a ellas. Ahora ha pasado a la acción.

—¿Huesos y Carla están casado? —La cabeza me daba vueltas ante toda la información que la tía Pearl acababa de soltar—. ¿Cuánto tengo que contarle a mamá?

—Todo. Con Carla fuera de juego, puede que Ruby intente reconciliarse con él. Eso sería un gran error. Mientras lo haces, nos conseguiré unas copas más fuertes. —Bajó del sofá y se fue en busca del mayordomo—. ¿Christophe? ¿Dónde estás?

Salté tras ella.

—Espera, tienes que informar a la policía de lo que sabes antes de que empiecen a preguntar. Quizá puedan proteger a mamá.

La cabeza me seguía doliendo ante tanta información. Haberme perdido la entrevista de trabajo ahora me parecía una nimiedad.

—Nada de eso, Cen. No podemos confiar en nadie. Ni siquiera en la policía.

CAPÍTULO 10

Salí del ascensor, todavía impactada por la confesión de la tía Pearl. También notaba los efectos de los potentes cócteles de Christophe. Había perdido la cuenta de cuantos me había tomado, aunque solo quería tomarme uno. En cuanto a la tía Pearl, no sabía si sentirme enfadada o asustada. Supongo que ambas.

Atravesé el vestíbulo en dirección al casino. No era difícil de encontrar debido a todas las luces, sonidos y hordas de turistas de mediana edad con sobrepeso. La mayoría llevaban pantalones cortos y camisetas con estampados de Las Vegas. Me llamaba la atención el contraste entre la ropa casual y la extravagante decoración.

Por supuesto, en los casinos no rechazaban a nadie. Menos aún si se trataba de gente con los bolsillos llenos, sin importar cómo fueran vestidos. Y por lo que podía ver, el negocio iba viento en popa.

Volví a centrarme en mi misión. Encontrar un teléfono para llamar a Tyler y pedirle disculpas por haberme perdido la cita. Había considerado coger un vuelo de vuelta a casa, pero sin dinero ni tarjeta de crédito, era imposible. De todas formas, la tía Pearl frustraría todos mis intentos de fuga. Me quería en el funeral a cualquier precio y no aceptaría un no por respuesta.

No encontraba ningún teléfono, y lo único en todo el hotel que sonaba como un tono de llamada eran las maquinas tragaperras. La atmósfera nubló mis ya confundidos sentidos. No había ventanas ni relojes. Sin reloj era imposible saber en qué parte del día estábamos. Cualquier cosa que pudiera distraer a los jugadores no tenía cabida.

Atravesé el vestíbulo y salí por la puerta giratoria de cristal hacia la calle. El cielo estaba parcialmente nublado, pero no afectaba al calor que ya asaltaba mi piel acostumbrada al aire acondicionado. Supuse que ya sería casi mediodía, aunque había perdido la noción del tiempo.

Me paré a unos metros de la entrada y me tomé unos minutos para orientarme. Me dirigí hacia lo que parecía un barrio comercial, esperando encontrar algún establecimiento donde comprar un teléfono móvil barato y desechable.

Tyler se estaría preguntando por qué no le había llamado tras faltar a nuestra cita de la noche anterior. Probablemente había echado a perder cualquier oportunidad que pudiera haber tenido con él.

Primero llamaría a Tyler y luego encontraría un modo de volver a case. La forma más fácil y rápida incluía una intervención mágica, pero mis poderes no eran lo suficientemente buenos para conseguir nada cercano a la teletransportación. Y dudaba que mamá o la tía Pearl me ayudaran. Como mucho se limitarían a señalar mi ausencia a las clases de magia y que lo tenía merecido.

Me pregunté cuánto contarle a Tyler. Quería que entendiera que no había cancelado nuestra cita por casualidad. Pero la historia del secuestro era demasiado inverosímil. Y contarle la verdad solo empeoraría su ya mala impresión sobre la tía Pearl.

Dos manzanas después, no había visto ninguna tienda donde comprar un móvil. Los únicos establecimientos que había eran casinos. Mi desconocimiento de Las Vegas significaba que podía llevarme mucho tiempo encontrar un teléfono.

Me detuve en una esquina, frustrada y dudando sobre qué hacer a continuación. Entonces caí en que tenía otras opciones. Aunque mis poderes mágicos no servían para teletransportarme de vuelta a Westwick Corners, sabía lo básico y ya había hecho aparecer objetos inanimados antes. Nunca un móvil, pero creía que se encontraba entre mis posibilidades. Deseé haber practicado un poco al menos para no tener mis habilidades tan oxidadas.

En cambio, había desperdiciado la ventaja que podría haberme sacado de mi situación actual. Aunque culpara a la tía Pearl por secuestrarme, el lío en el que me encontraba era culpa mía, al fin y al cabo.

Acababa de decidir que usar mis poderes no era hacer trampas para nada. De hecho, no eran simple talento, ya que se necesitaban horas para aprender cada hechizo y un montón de práctica para mantener las habilidades. Obtenía lo que me merecía. Nada más y nada menos.

La epifanía me llegó cuando hice una apuesta con la tía Pearl y la perdí. Mi castigo había sido asistir a setenta y dos lecciones de sus perlas de sabiduría en la Escuela de Encanto Pearl. El plan de estudios abarcaba todo lo necesario para convertirse en una bruja exitosa. Desafortunadamente, solo había llegado a la tercera lección. Eso significaba que era muy buena deshaciéndome de cosas, pero no tanto en hacer aparecer objetos.

Pero ya había conjurado cosas pequeñas. A veces los resultados tenían consecuencias inesperadas, pero algo era algo. Valía la pena intentarlo.

Me masajeé las sienes e intenté recordar las palabras exactas del hechizo para objetos pequeños que había aprendido en la segunda lección. Lentamente, empecé a recordar fragmentos del hechizo al visualizar las palabras en mi mente.

Cambié de dirección y volví hacia el hotel. Podría practicar en mi habitación de la suite sin que mamá y la tía Pearl se enteraran. Y así estarían cerca por si provocaba un desastre.

Un, dos, tres,
Un móvil quiero ver...

No, no parecía funcionar. Ralenticé el ritmo.

. . .

Un, dos, tres,
Un móvil ha de aparecer...

Cambiar una sola palabra podría tener consecuencias desastrosas, así que el método de prueba y error no era una opción. Si tuviera un ejemplo en el que basarme…

Entré en el vestíbulo y me dirigí al ascensor. Estaba tan perdida en mis pensamientos que choqué con el torso de un hombre.

Un torso tonificado y musculado.

Me quede mirando los profundos ojos azules de un hombre al que no había visto en mucho tiempo.

CAPÍTULO 11

Me aparté y empecé a murmurar disculpas, avergonzada de golpe.

—¡Cendrine West! Te reconocería en cualquier parte. —Rocco Racatelli me miró los pechos antes de subir lentamente la mirada hacia mi cara—. Me alegro de verte aquí.

Me molestó que me comiera con los ojos, hasta que me di cuenta de que yo había hecho exactamente lo mismo. Estudié su expresión, sin saber si hablaba en broma o en serio. Según la tía Pearl, Rocco no solo sabía que estábamos aquí, sino que era él quien nos había reservado la suite. La ultima persona a la que quería deberle un favor era Rocco Racatelli.

—¿Te sorprende verme?

Recordé el tiroteo. Definitivamente, me había visto por la mañana. Habían pasado horas y se le veía ligeramente más desaliñado y bastante más ebrio.

Según las afirmaciones de la tía Pearl, nuestro encuentro no podía considerarse una coincidencia, ya que supuestamente nos esperaba. Pero la tía Pearl contaba muchas mentiras piadosas, así que era imposible estar segura. Mantuve la boca cerrada, solo por si acaso.

—Por supuesto. —Sus ojos centellearon de la emoción—. ¿Cuánto tiempo ha pasado? ¿Diez años?

Me encontré con su mirada y asentí. Me quedé sin palabras ante el apuesto desconocido que no se parecía en nada al Rocco que yo recordaba. El chico regordete con la cara llena de espinillas que había conocido en Westwick Corners había desaparecido. Una década y muchas horas de gimnasio habían transformado drásticamente el aspecto de Rocco. Había cambiado su atuendo por uno más informal, pero aun así se veía elegante. Se le marcaban los músculos bajo una camiseta blanca ajustada que relucía casi tanto como su sonrisa. Llevaba unos vaqueros azul claro y botas de cowboy. Su tez morena mostraba la sombra de una barba afeitada.

Y sus penetrantes ojos cobalto. No podía dejar de mirarlos, pero tampoco podía darme la vuelta. Me sentía totalmente cautivada por él.

Abrí la boca para responder, pero ninguno sonido salió de ella. No era solo su apariencia lo que me había dejado sin palabras. Parecía tener un aura que me atraía como un campo magnético. Sentía el corazón latir bajo mi pecho y me sonrojé.

Combatí el impulso de acercarlo a mí y hundir mi rostro en su tonificado pecho. Mi sentido común me lo impidió, pero por poco. Definitivamente no era el mismo Rocco con el que crecí en Westwick Corners.

Guau.

¿Qué demonios pasaba? Me sentía como si estuviera hechizada.

O bajo la influencia de los trucos de la tía Pearl.

Si Rocco notó mi silencio, no lo dijo.

—Tomémonos algo y pongámonos al día.

Los ojos de Rocco se movieron de un lado a otro mientras observaba la concurrida calle.

—Ahora mismo no puedo, Rocco. Iba a comprarme un móvil. —El corazón me latía con fuerza en el pecho y una fina capa de sudor me perló la frente—. ¿Sabes dónde puedo conseguir uno?

—¿Tienes que hacer alguna llamada? Toma, usa el mío.

Desbloqueó la pantalla y me lo tendió.

Casi le devolví el teléfono, pero me lo pensé mejor. Comprar un móvil o hacer aparecer uno podría llevarme horas. Usar el suyo resolvía el problema inmediatamente. Cuanto antes llamara a Tyler, mejor.

—Muchas gracias. Será solo un momento.

Me senté en una zona con bancos que había al lado y marqué el número de Tyler. Rocco volvió a la entrada del hotel y me hizo señas para que le siguiera. Fui tras él hasta una barra justo al lado del vestíbulo. Ahora que tenía su móvil tenía que seguirlo.

Tyler respondió al primer tono.

—Me imaginaba que había pasado algo. ¿Dónde estás? —Me sentí de maravilla al oír su voz. Ni siquiera sonaba enfadado, sino preocupado. Muy amable teniendo en cuenta que le había dado plantón—. Ah, Las Vegas —dijo.

Miré hacia Rocco que estaba demasiado lejos para escucharme. Le daba órdenes a un camarero. —Supongo que la tía Pearl no mentía con lo del viaje —expliqué. Omití lo de la entrevista de trabajo y el premio de la lotería. Era una historia demasiado larga y no tenía mucho tiempo, ya que estaba usando el móvil de Rocco—. Siento mucho lo de nuestra cita. No te culpo si estás enfadado conmigo.

Tyler rio ligeramente.

—Son cosas que pasan. Sobre todo con tías como la tuya. La aplazaremos. ¿Cuándo vuelves al pueblo?

—Eh... no estoy segura. Estamos aquí por un funeral, pero la tía Pearl no me ha dicho cuánto tiempo nos quedaremos.

Omití toda información relacionada con el proyecto Vegas Vendetta y con el tiroteo. Lo primero no tenía explicación, y lo segundo lo asustaría.

—¿Quién ha muerto?

—Carla Racatelli, una vieja amiga de la tía Pearl. Ha sido una muerte repentina.

Sonaba mejor que decir que había sido asesinada.

Tyler contuvo la respiración y nos quedamos en silencio.

La duda empezó a crecer en mi interior. Quizá Tyler sí que estaba enfadado después de todo. ¿Y si no quería tener otra cita conmigo?

—¿Sigues ahí?

Tyler carraspeó.

—¿Racatelli? ¿La de Tommy y Carla Racatelli?

—Exacto. ¿Los conoces?

—No, pero conozco su historia. Vosotras en cambio los conoceríais mucho para viajar hasta Las Vegas por el funeral.

—Vivían en Westwick Corners hará unos diez años. Fui a la escuela con su nieto, Rocco. Tommy y Carla lo criaron después de que sus padres fallecieran en un accidente de coche cuando él era pequeño.

Evidentemente, Tyler no sabría todo eso, ya que se mudó a Westwick Corners solo unos meses antes cuando aceptó el trabajo de sheriff.

Pero sí que lo sabía. Sabía más sobre ellos que yo misma, y los siguientes diez minutos me estuvo contando su historia.

—Los padres de Rocco no murieron en un accidente, Cen. Les dispararon dentro del coche. Fueron asesinados, ejecutados.

Se me aceleró el pulso.

—¿Estás seguro de eso?

—Claro que lo estoy. Fue un gran golpe de la mafia. Me sorprende que no lo supieras. Westwick Corners es un pueblo pequeño. No creía que se mantuviera en secreto durante mucho tiempo.

—Supongo que así ha sido.

Los pueblos pequeños eran especialmente malos para guardar secretos, excepto aquellos que podían destrozar vidas. Esos solían mantenerse ocultos por siempre. Al parecer los asuntos de la mafia entraban en esa categoría. Me preguntaba qué más cosas no me había dicho mi familia.

Me sonrojé al ver a Rocco, ajeno a mi conversación sobre su familia. Por suerte, no me estaba mirando, o no habría sido capaz de pensar con claridad. La extraña atracción que tenía sobre mí parecía debilitarse con un poco de distancia. Otra señal de que había magia de por medio.

—¿Cen?

—¿Qué?

—Ten cuidado, por favor. Sabes a qué se dedica su familia, ¿verdad?

Asentí, lo que no tenía sentido porque estaba a kilómetros de Tyler y no podía verme.

—Los Racatelli tenían un negocio de contrabando durante la Prohibición, y Tommy se vio involucrado en un escándalo político por sobornos y esas cosas. Todo terminó con su muerte accidental hace diez años.

—Hay mucho más, Cen. ¿Recuerdas cómo murió Tommy Racatelli?

—En un accidente de coche. Se salió en una curva pronunciada y se precipitó por una colina. —Fruncí el ceño—. O bien los Racatelli son muy malos conducteros o tienen la peor de las suertes con los coches.

—El accidente de Tommy fue provocado por orden de un capo rival. Dedosrápidos Racatelli era un hombre poderoso.

—¿Dedosrápidos? No conocía ese apodo.

Apenas recordaba el accidente que se llevó al abuelo de Rocco. Aunque me pareció extraño porque el señor Racatelli tenía cataratas y nunca conducía de noche.

—Racatelli mantenía sus negocios y su vida personal separados. Por eso vivía en un pueblecito tranquilo como Westwick Corners. Estos mafiosos son muy peligrosos, Cen.

—Ya no, está muerto.

—Sí, pero sus socios están vivitos y coleando. ¿Sabías que Carla también formaba parte del negocio familiar, ¿verdad? Y casi seguro que Rocco también.

—¿Rocco? —me sentía rara hablando de él mientras usaba su teléfono—. Lo dudo.

—Ve con cuidado si lo tienes cerca. Mejor aún, mantente lejos. Si alguien toma represalias contra él podrías sufrir daños colaterales.

Recordé el tiroteo del vestíbulo. Tyler tenía razón. Con la muerte de Carla, se había convertido en el último Racatelli vivo. No creía que Rocco fuera un delincuente, pero tendría que asegurarme.

—Tendré cuidado, pero no hay nada de lo que preocuparse.

Interiormente me alegraba que Tyler se preocupara por mí.

—Son mafiosos, Cen. Carla encabezaba una organización enorme. Ahora que ya no está, estoy seguro de que ya hay una lucha de poder para hacerse con el control del poder.

—¿Cómo sabes tanto sobre ellos?

—Soy poli, ¿recuerdas? También trabajo de incógnito. Los Racatelli eran y son un gran problema. Mantente lejos si puedes.

A pesar de las advertencias de Tyler, no tenía elección. Evité cualquier mención sobre Rocco y el tiroteo mientras me planteaba si tenía lógica haberle pedido prestado el teléfono a Rocco.

—Estaré bien. Nuestras familias no son tan cercanas. La tía Pearl era amiga de Carla, por eso quería presentar sus respetos.

—Tú ten cuidado. Y llámame si algo te preocupa.

—Vale.

Prometí llamar a Tyler después del funeral. La tía Pearl ya habría cumplido y podríamos volver a casa.

De pronto, todo tuvo sentido. Un pueblo pequeño como Westwick Corners era el lugar perfecto para un negocio ilegal. No podría entrar y salir nadie sin que lo supiera todo el mundo. Era una especie de alarma, aunque al final les hubiera fallado a los Racatelli. Incluso el sheriff podía ser comprado o amenazado.

Otra ilusión infantil destrozada.

¿Cuánto sabían mamá y la tía Pearl y no me estaban contando? Si la tía Pearl conocía los negocios secretos de Carla, podía convertirse en un objetivo. El conocimiento podía ser algo muy peligroso.

CAPÍTULO 12

Me despedí de Tyler cuando Rocco me saludó desde una mesa en un rincón. Se recostaba sobre la pared, lo que permitía tener una clara visión de quien entraba y salía del bar. Hizo una señal con la cabeza a dos tipos jóvenes con traje oscuro sentados en la mesa de al lado.

El que estaba de cara a mí tenía la cabeza rapada y le brillaba de sudor, a pesar del fuerte aire acondicionado. Parecía ser el más mayor de los dos. Asintió hacia Rocco cuando me iba a sentar.

No me había dado cuenta antes de que estaban ahí, pero claramente, se trataba de los guardaespaldas de Rocco.

A juzgar por las miradas que me echaron de pies a cabeza, ellos sí que me habían visto a mí.

Les puse mala cara y me senté enfrente de Rocco.

—Siento mucho lo de tu abuela, Rocco. —La tía Pearl no me había dado muchos detalles, así que no sabía qué más decir—. ¿Cómo pasó, exactamente?

—Alguien lo hizo.

La voz de Rocco era plana y sorprendentemente tranquila considerando que su abuela había sido asesinada.

—¿Fue un accidente de coche?

Recordé lo que me había contado Tyler. Quizás se tratase de un accidente que, después de todo, no era tan accidentado. Todavía no podía creer que alguien hubiera matado a Carla, a pesar de lo que me había dicho la tía Pearl.

Rocco negó con la cabeza.

—No exactamente.

—Y... ¿cómo murió?

Tomé un sorbo de cerveza y me armé de valor para preguntar por los detalles macabros. Me sentía fatal por preguntarle en un momento así, pero tenía que saber si la tía Pearl decía la verdad.

—La encontré en la piscina, flotando boca arriba. Al principio pensé que solo había cerrado los ojos para descansar. Pero no despertó. —Se le rompió la voz—. La policía dijo que era un accidente, que se había ahogado.

—Pero has dicho que alguien...

Asintió.

—Alguien se la quitó de en medio, sí. Estoy seguro. Pero no sé cómo demostrarlo.

Me estremecí. Había informado de varios ahogos accidentales en el *Westwick Corners Weekly*. No podía poner la mano en el fuego, pero había algo que no encajaba.

—¿Cuánto tardaste en encontrarla?

—Habíamos comido juntos menos de una hora antes. Volví a su casa porque me había dejado la cartera.

—¿Fuiste el último que la vio en vida?

Asintió.

—Sospeché en cuanto la vi desde la cocina. Nunca se acercaba a menos de dos metros de la piscina. Le tenía un miedo horrible al agua.

Ya que tenía que estar en la ciudad hasta después del funeral, no podía hacer ningún mal que indagara un poco.

—¿El forense ya le ha hecho la autopsia?

—No, ni creo que la haga porque lo consideran un accidente.

Me sorprendió que no hicieran al menos una pequeña investigación, teniendo en cuenta el apellido Racatelli. La muerte accidental de un capo de la mafia debería levantar todas las sospechas.

—Puede que le hagan la autopsia de todas formas. A pesar de lo que diga la policía.

Solo se me ocurría una razón por la que la policía concluiría que se trataba de un accidente sin investigación.

Estaban encubriendo a alguien.

Volví a centrarme en Rocco, intentado encontrarle el sentido a todo.

Rocco se estrujó las manos.

—Necesito tu ayuda para llegar al fondo de todo esto, Cen.

—¿Por qué la mía? No sabría ni por dónde empezar. No sé cómo...

No enseñábamos nuestros poderes sobrenaturales, pero como residente de Westwick Corners, Rocco estaba al tanto al menos de algunos de los talentos especiales de la familia West.

—Pearl me ha dado su palabra. Me ha dicho que estás un poco oxidada, pero que ella te echará una mano.

—¿Eso te ha dicho?

Estaba furiosa con la tía Pearl, siempre manipulando, aunque me sentía mal por Rocco. Extrañamente, mi preocupación por volver a casa se había cambiado por empatía hacia Rocco. Quería hacer todo lo que estuviera en mi mano para vengar la muerte de su abuela. Pero nuestro encuentro me parecía extraño. Rocco había actuado como si se sorprendiera de verme, aunque él y la tía Pearl ya habían estado hablando sobre mí. Quizás todo había sido una gran actuación.

Rocco asintió.

—Quienquiera que lo haya hecho, pagará por ello. Todos quieren hacerse con nuestro negocio porque la abuela había construido un gran imperio lucrativo. Huesos Battilana no es ninguna excepción. Quiere llevarse parte del pastel sin haber trabajado un solo día. —El más grande de los dos tipos de la mesa de al lado maldijo y golpeó la mesa ante la mención de aquel nombre—. No van a llevarse nada. No si puedo evitarlo. —Rocco se puso serio—. Pero primero, tengo que detenerlos. Ahí es dónde entras tú.

—¿Yo? —Si las sospechas de Rocco no eran infundadas, debería estar hablando con la policía y no con una bruja incompetente—. ¿Has compartido tus sospechas con la policía?

—No he querido forzarlo. De todas formas, tampoco habrían hecho mucho. Se alegran si acabamos los unos con los otros. Eso les quita trabajo. Por lo que a ellos respecta, las guerras territoriales son uno de los costes del negocio. La abuela consiguió un modo de blanquear dinero con mucho éxito. Lo dirige todo, bueno, lo dirigía, a través de este casino. Los hombres de Battilana me han amenazado diciéndome que soy el siguiente. Cuando yo no esté, el negocio será suyo.

Lo sentía mucho por Rocco, pero no iba a unir esfuerzos con el sindicato del crimen.

Me tapé los oídos.

—¿Por qué me cuentas todo esto? Cuanto más sepa, más riesgos corro.

Ahora estaba doblemente enfadada con la tía Pearl. La suite del hotel prácticamente nos obligaba a ayudar a Rocco.

—Soy el único superviviente de los Racatelli, así que el negocio es mi responsabilidad. Eso significa que soy el siguiente en su lista. —Rocco frunció el ceño y se quedó pensativo un instante—. Pero no te preocupes. Tú no eres parte del negocio, te dejarán tranquila.

—¿Por qué estás tan seguro?

Se me aceleró el pulso cuando me incliné sobre la mesa. Involucrarme era una mala idea. El corazón me decía que sí, aunque el cerebro me decía que no. Al final, acabaron ganando las emociones. Quería ayudarlo.

—Es una regla no escrita. Ahora que lo sabes todo, no tenemos tiempo que perder. Deja que te hable de la abuela.

Rocco le indicó al camarero que nos trajera otra ronda y se recostó en la silla.

Como periodista, una parte de mí se moría por conocer la historia que había detrás de todo. La parte de mí a la que no le gustaba el riesgo prefería quedarse fuera. Me acabé lo que me quedaba de cerveza.

—Te escucho.

CAPÍTULO 13

—Sabes que haría cualquier cosa por ti. Solo dime lo que necesitas.

Me incliné hacia Rocco Racatelli y me sumergí en sus preciosos ojos azules. Quizás la tía Pearl tuviera razón después de todo. Nuestras dos familias tenían secretos, así que parecía una alianza natural. Estábamos destinados a estar juntos.

—Me alegra mucho que tú y tu familia hayáis venido al funeral. —Rocco me cogió la mano—. Todavía estoy conmocionado con todo lo que ha pasado. Esta mañana ha estado cerca. Huesos Battilana casi me tacha de su lista.

—¿Los tipos del vestíbulo de esta mañana?

Rocco asintió.

—Pretende matarme y asustar a los clientes al mismo tiempo. Así tendrá vía libre para centrarse en el negocio sin que nadie se interponga en su camino. O acabo con él o acabará conmigo.

—Puede que haya otro modo de afrontarlo. Podríamos lanzar un hechizo para inmovilizarlo o algo así.

No estaba segura de los planes de la tía Pearl, solo sabía que la brujería era parte de ellos. Su descabellada idea empezaba a sonar bien. Los hechizos podían evitar la violencia.

—Aunque funcionara, ¿cuánto duraría?

Rocco miró alrededor hacia sus fornidos guardaespaldas, que parecían más absortos por el menú que por cualquier peligro potencial. Me preguntaba si eran los mismos hombres encargados de proteger a Carla. Si lo eran, su falta de atención era definitivamente, parte del problema.

—Creo que podríamos encontrar una solución permanente.

No estaba completamente segura, pero algo en mi interior quería hacer lo que fuera para que Rocco se sintiera mejor.

La camarera se acercó a nuestra mesa con las bebidas. Parecía una niña recién salida de la secundaria. La mano de la bandeja le tembló visiblemente mientras depositaba las bebidas en nuestra mesa.

Rocco le sonrió y esperó a que marchara. Cuando se alejó lo suficiente Rocco me dijo en voz baja:

—¿Estás segura, Cen? Podría ser peligroso.

—Si nos cubres las espaldas mientras arreglamos las cosas, será suficiente. Nos encargaremos de Huesos para que puedas volver a ocuparte de tu negocio.

Nos dimos un apretón de manos. El elemento peligro parecía fortalecer mis sentimientos hacia él. Rocco era alguien conocido y podíamos tener una buena vida juntos. ¿Y qué si tenía un trabajo poco convencional? Yo tampoco era convencional.

Al fin y al cabo, era una bruja.

Quizás tenía que olvidarme de Tyler. Como sheriff de Westwick Corners, seguía las reglas y las regulaciones. Mi familia las rompía. Representaba el orden y nosotras éramos el caos. Solo le causaría problemas.

Por otra parte, Rocco era un marginado como yo. Teníamos cosas en común y no había nada que pudiera hacer mi familia que afectara a su reputación.

Me acarició la mano y me sonrió.

Le devolví la sonrisa.

Me sobresalté cuando oí un ruido al otro lado del bar. A ese ruido le siguió el sonido de un vaso rompiéndose. Me volví hacia el ruido justo a tiempo de ver a la camarera caer al otro lado de la barra. Había chocado con otra camarera que había caído sobre el camarero obeso de detrás de la barra. Este golpeó las estanterías que tenía detrás y cayó todo como un dominó.

—¿Pero qué...?

Rocco se puso en pie de un salto. Dudaba entre ir a ayudar y poder atraer la atención o esfumarse.

—Ha pasado algo.

Me puse una mano en el pecho.

—No me digas.

—No, quiero decir que me ha pasado algo a mí.

El fuerte ruido me había sacudido la consciencia.

Miré a Rocco, que de pronto ya no me parecía atractivo. Parecía una versión más adulta de mi compañero del colegio. Su musculoso torso se había transformado en una fofa ligera barriga cervecera.

Hablé sin pensar.

—Creo que la tía Pearl nos había lanzado un hechizo de atracción.

—¿De qué hablas?

—Lo que sentimos el uno por el otro no es real. El hechizo se ha roto con el ruido.

El hechizo tenía un mecanismo de defensa que aseguraba de que los afectados quedaran libres en situaciones potencialmente peligrosas. El estrépito había restaurado nuestros sentidos, al menos los míos.

Rocco frunció el ceño.

—Claro que es real. —Una expresión de incertidumbre se formó en su cara—. ¿Me estás diciendo que finges tus sentimientos hacia mí?

—No. Quiero decir, que no eran mis sentimientos reales, en primer lugar. Me gustas, Rocco. Pero no de ese modo.

Me di cuenta de que acababa de acceder a un trato que incluía el uso de la magia bajo la influencia de un hechizo de la tía Pearl. Lo único que quería hacer en ese momento era enfrentarme a ella y decirle todo lo que tenía en mente.

Pero le había dado a Rocco mi palabra.

Una promesa que no podía mantener.

Rocco parecía afectado. Se dio la vuelta, confundido.

—Soy solo yo, Rocco. ¿Notas la diferencia entre los sentimientos que tenías hacia mí hace un momento y los que tienes ahora?

Negó con la cabeza.

—Todavía quiero… —frunció el ceño—. Qué raro. Acabo de olvidar lo que iba a decir.

—El hechizo se ha desvanecido. Lo siento, pero no puedo involucrarme en actividades ilegales. Cogeremos al asesino de Carla, pero sin magia de por medio.

Tenía borrosa la promesa que le había hecho a Rocco, quizá él también.

—Tienes que ayudarme, Cen. Los matones de Huesos me pisan los talones, esperando una oportunidad para acabar conmigo.

—Seguro que podemos ponerte un hechizo de protección. Hablaré con la tía Pearl. —Había algo que aún no tenía claro—. Has heredado las posesiones de Carla pero, ¿qué pasa si tú mueres? ¿Quién es el siguiente en la línea?

Rocco se tomó un tiempo antes de contestar.

—Su marido.

Me quedé boquiabierta.

—Huesos Battilana.

—¿Estás seguro?

Rocco me dedicó una mirada confundida.

—Quiero decir, ¿no está ya el primero de la línea? Un cónyuge siempre va antes que un hijo o un nieto, sin importar cómo de reciente sea el matrimonio. Si ese fuera el caso, no tiene motivos para matarte. Ya va a heredarlo todo.

La expresión asombrada de Rocco me indicó que estaba en lo cierto. Había algo más y tenía que descubrir qué era.

También estaba enfadada con mi tía. Por culpa de su hechizo, había prometido acabar con un capo de la mafia. Era peligroso, ilegal y me reducía la esperanza de vida.

Pero una promesa era una promesa, y siempre mantenía mi palabra.

Solo tenía que encontrar otro modo de hacerlo.

CAPÍTULO 14

La fortuna de Rocco había cambiado drásticamente en los diez años que hacía que no le veía. Quizás su carácter también lo hubiera hecho.

Me volvía a centrar en la historia de Rocco. Todavía estaba impresionada por la enormidad de las propiedades de los Racatelli, de las cuales el Hotel Babylon era solo una pequeña parte. Sus propiedades deberían valer cientos de millones de dólares.

Fui directa al grano.

—¿Cómo se ganan la vida los Racatelli?

—Si te lo dijera tendría que matarte. —Rocco sonrió por primera vez—. De verdad, pero no tienes que preocuparte por eso.

—No bromeo, Rocco. No te puedo ayudar si no me lo cuentas todo.

Mientras me inclinaba hacia Rocco, caí en que todo iba como había querido la tía Pearl. Había caído de lleno en su trampa.

Rocco dio un sorbo a su bebida.

—La abuela superó a la competencia. No con miedo ni violencia, sino pagando salarios y bonos más altos. Sus empleados le eran muy leales. No compró las mejores propiedades. De hecho, no lo hizo. En lugar de ello, adquirió propiedades horribles y las convirtió en lujosas con esfuerzo y trabajo duro. A Huesos no le gustó eso. Quería lo mejor para él. Pero no era solo eso. A Huesos no le gustaba ser superado por Carla.

—¿Porque es una mujer?

Rocco se encogió de hombros.

—Supongo que sí. Las cosas empeoraron después de la boda. No lo sé. La abuela me dijo que para ella era solo un matrimonio de conveniencia, pero supongo que Huesos no lo veía del mismo modo.

Abrí la boca de la sorpresa.

—¿Lo estaba usando?

—¿Por qué no? Él también la usaba a ella. Ambos querían sacar algo del "trato". —Rocco hizo comillas con los dedos—. La abuela solo quería algo casual.

Nunca se me había ocurrido que la gente mayor de pelo canoso como Carla o la tía Pearl tuvieran romances o se casaran con alguien de quien no estaban enamoradas.

—Haces que suene despreciable.

—Y tú hablas como si tuvieras setenta años. Ya que estás en Las Vegas podrías aprovechar para soltarte.

Miré a Rocco, molesta porque me juzgara de esa manera.

—Estoy bien como soy, gracias.

—La abuela era como un espíritu libre. Solo quería un rollo. Fue Huesos el que insistió en casarse.

Di un respingo. Claramente, esa no era la Carla que yo recordaba, pero de nuevo, recordé que no la había visto desde que era adolescente.

—Pero aun así acabó casándose con él. ¿Por qué ese cambio repentino?

Los cónyuges o las parejas eran normalmente el sospecho número uno, pero las parejas involucradas solían ser mucho más jóvenes.

—La abuela pensó que así impediría que estallara la violencia. Le dio lo que él quería. Al menos dejó que él lo pensara. Aunque le hizo firmar un contrato prematrimonial. Le preocupaba que Huesos solo se casara con ella para conseguir el control de nuestras propiedades.

—¿Cómo este hotel?

Probablemente, mucha gente tendría el ojo puesto en los chanchullos de los Racatelli. Me sorprendía que Huesos hubiera seguido adelante con la boda habiendo firmado un contrato prematrimonial. Por otra parte, no conocía todos los detalles legales. Quizás Huesos ganaría algo de todas formas, a pesar del contrato. Parecía que Rocco se beneficiaba de la muerte de Carla más que nadie. Si es que podía con todo, claro.

Rocco asintió con los ojos anegados en lágrimas.

—El hotel y alguna otra cosa. Más tarde, a la abuela le entró el miedo y quiso echarse atrás, pero Huesos la amenazó. Así que siguieron adelante, pero me lo dejó todo a mí.

—No me parece amor verdadero.

De golpe sentí mucha pena por Rocco. Delincuente o no, toda su familia le había sido arrebatada. A pesar del contrato, Huesos claramente buscaba algo más que el afecto de Carla.

—¿Dónde está Huesos? ¿Lo has visto?

—Lo evito siempre que puedo —dijo Rocco—. Por supuesto, estará en el funeral, intentando aparentar ser un viudo afectado.

—Qué incómodo.

Rocco asintió lentamente.

—Quienquiera que haya hecho esto, pagará por ello. Pero tendrá que esperar a después del funeral.

Un camarero trajo martinis para Rocco, para mí y para los dos tipos de la mesa de al lado, aunque no habíamos pedido nada. Lo último que quería y necesitaba era más alcohol.

Rocco pasó el brazo por encima de la mesa y me tocó la mano.

—Hablando del funeral, ¿te veré allí mañana?

Asentí, sin saber qué más decir. A pesar de los rumores sobre crimen organizado que siempre habían rodeado a la familia, nunca llegué a sospechar que Carla estuviera involucrada. Ahora me picaba el interés. Quería levantarme de la silla y correr arriba para descubrir todo lo que pudiera sobre la familia Racatelli, su vida secreta y sus prematuras muertes.

El funeral había adquirido un nuevo significado para mí y quería hacer todo lo posible por ayudar a Rocco. Aunque ahora tuviera otro trabajo, seguía siendo el chico con el que crecí. Incluso los delincuentes querían a sus abuelas, y nadie merecía ser eliminado por un asesino a sangre fría. Además, nunca había estado en un funeral de la mafia.

Recordé la advertencia de Tyler. Mientras tuviera cuidado, todo iría bien.

Le sonreí a Rocco y le di un sorbo a la copa.

—Allí estaré.

CAPÍTULO 15

—En el amor y en la guerra todo vale —dijo la tía Pearl—. Pero igual podemos darle un impulsito a Rocco.

Había vuelto a la suite y me había encontrado a mamá dormida, a Christophe cocinado algo y la tía Pearl mirando interesada la televisión. Estaba viendo un campeonato de póquer.

Me crucé de brazos y me planté delante de la televisión, tapándole la vista.

—Estás malgastando el tiempo con tus descabellados hechizos. Lo que sea que nos hubieras hecho a Rocco y a mí, ha desaparecido.

—¿De qué hablas? Yo no he hecho nada. Y ahora quítate del medio que no quiero perderme la acción. Creo que alguien va a ir con todo y la va a fastidiar.

Me volví hacia la pantalla. Tres hombres y una mujer miraban atentamente sus cartas. Era más aburrido que una repetición a cámara lenta de un torneo de golf. Cogí el mando a distancia y apagué la tele.

—¡Eh! Lo estaba mirando.

Intentó quitarme el mando pero lo mantuve fuera de su alcance.

—Una cosa es secuestrarme, pero ¿lanzarme un hechizo y poner mi vida en peligro? Eso no está bien, tía Pearl. Por suerte se ha desvanecido.

Si me encontraba en medio de una guerra territorial, quería al menos mantener el sentido común.

—¿Has sabido revertir el hechizo? ¡Buen trabajo! —Se alegró inmediatamente—. Ves, lo único que tenías que hacer era intentarlo.

—Yo no he hecho nada. El hechizo se ha desvanecido porque no era lo bastante fuerte. En cualquier caso, no pienso tolerar que juegues a la casamentera.

Volví a dejar el mando sobre la mesa.

La tía Pearl curvó los labios hacia abajo simulando tristeza.

—Solo intentaba ayudar, Cen. Has estado muy gruñona desde que cancelaste tu boda y pensé que podía darle una chispa a tu vida. No seas desagradecida.

—No soy desagradecida, y ya tengo suficiente chispa.

Había dicho demasiado.

La tía Pearl puso los ojos en blanco, cogió el mando y encendió de nuevo la televisión.

—Quizá me equivoque.

—No tendrías que habernos hechizado a Rocco y a mí. Has hecho que le prometiera algo que no puedo cumplir. —Le hablé de la errónea creencia de Rocco de que él era el heredero natural de Carla —. Sabe lo del matrimonio, pero dice que Huesos firmó un acuerdo prematrimonial.

La tía Pearl rio.

—Huesos nunca habría firmado algo así. Pero no pasa nada. Ya se nos ocurrirá algo.

—¿Cómo? Rocco está a punto de ser asesinado. Y Huesos acaba de ganar un nuevo imperio. —Le conté la versión de Rocco del romance de Carla, si es que se lo podía llamar así, y del matrimonio forzado—. Me ha dicho que la policía considera la muerte de Carla un accidente.

—No es posible —dijo la tía Pearl.

—¿Qué hay de Huesos? ¿Crees que la mató él?

—¿Qué pasa con él? —La expresión de la tía Pearl se ensombreció —. No importa. Ya lo hablaremos después.

Algo en el tono de voz de mi tía me dijo que no insistiera más, pero lo hice de todas formas.

—Podría tener miles de enemigos, considerando a qué se dedicaba. Incluso Rocco tenía un móvil.

—Rocco no —negó la tía Pearl—. Rocco quería mucho a su abuela. Aunque tienes razón al decir que otra gente quería verla muerta. Ojala hubiéramos llegado antes. Cuando todo estalló me suplicó ayuda. Pero era demasiado tarde.

Una sola lágrima se resbaló por su mejilla.

Me dejé caer al lado de mi tía en el sofá y la abracé por los hombros. La tía Pearl siempre había sido un pilar para mí, a pesar de su corta estatura. Ahora me parecía pequeña y vulnerable.

—Por favor, dime que tú no estás metida en la mafia.

Sentía que ya no conocía a mi tía y que no podría soportar más secretos. Especialmente los que tenían que ver con los gánsteres. Estábamos demasiado involucradas en asuntos de otras personas. Personas despiadadas que no se detendrían ni un segundo para deshacerse de nosotras si nos interpusiéramos en su camino.

Se apartó.

—Claro que no. Pero soy amiga de Carla. Contigo o sin ti, haré cualquier cosa para proteger a Rocco y vengar la muerte de Carla. ¿Cuento contigo o no?

—Por supuesto que sí —suspiré.

La tía Pearl me había acorralado en su partida, y no tenía más opción que jugar.

CAPÍTULO 16

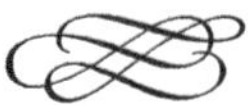

No podía haber salido un día más caluroso para el funeral. Estábamos a un lado del camino, a pocos metros del enorme mausoleo Racatelli que empequeñecía las otras parcelas del cementerio. Una docena de invitados permanecían en riguroso silencio mientras esperábamos que empezara el funeral.

Me volví hacia la tía Pearl.

—¿Huesos está en el funeral? No lo veo.

Se encogió de hombros.

—¿Quién sabe?

Claramente, tenía un motivo para asesinar a Carla, aunque hubiera firmado el contrato prematrimonial. Con Carla fuera de juego, tenía menos competidores. Aun así, no podía imaginar que el marido de Carla se perdiera el funeral, pero no veía a Huesos por ninguna parte.

Quizá ya se hubiera dado a la fuga, a pesar de que la policía había dicho que la muerte de Carla había sido accidental. O quizás ya estaba metiendo mano en el imperio Racatelli mientras la atención de Rocco estaba centrada en el funeral.

—Avísame si le ves —dije.

La tía Pearl estaba a mi lado, pero parecía que estuviera a un millón de kilómetros. Tal vez fuera por el sofocante sol, o quizá estaba rememorando momentos con Carla. Le puse la mano sobre el brazo.

—¿Qué?

—Cuando veas a Huesos dímelo, ¿vale?

El funeral se estaba retrasando y me estaba asando por el sofocante calor a treinta y cinco grados. El vestido de lana negro que la tía Pearl había hecho aparecer para mí era pesado y agobiante. Tenía las piernas aprisionadas en unas medias negras y unos zapatos demasiado pequeños, también cortesía de la tía Pearl. Como de costumbre, sus elecciones de vestuario estaban hechas para castigarme y para incentivarme a mejorar mis propios dotes mágicos. Era el sentido de la moda de la tía Pearl, el medio era el mensaje. Su elección de un tejido de lana para ir al desierto estaba pensada para hacerme pasar calor.

—Habla en voz baja, Cendrine. —La tía Pearl entornó los ojos—. No digas su nombre o atraerás demasiado la atención.

La gravedad de la situación me golpeó de repente. Era un funeral de la mafia de verdad. Pero puede que mi entusiasmo por vivir Los Soprano en la vida real fuera inadecuado. Podríamos quedar atrapadas en el fuego cruzado de una guerra de familias de la mafia.

—Quizás no fuera tan buena idea venir al funeral, después de todo —dije—. ¿Y si pasa algo? —Cuanto más lo pensaba menos sentido tenía que hubiéramos asistido a un funeral lleno de delincuentes desconocidos—. ¿Y si los tipos del tiroteo vienen a presentar sus respetos?

La tía Pearl se estremeció.

—Más razones para venir. Rocco necesita más guardaespaldas. Necesita el apoyo de la magia para sobrevivir a este día.

Me pasó el brazo por los hombros intentando tranquilizarme.

—Todo irá bien, Cen. Tranquilízate. Tenemos que estar aquí. Carla era prácticamente de la familia.

Me volví hacia mamá que estaba muy elegante en un vestido de lino negro sin mangas que terminaba bajo la rodilla. Era sencillo, elegante y mucho más adecuado para el clima de Las Vegas que mi vestido de lana.

—Apenas conocía a Carla Racatelli cuando vivía en Westwick

Corners. No me echó de menos cuando se mudó hace diez años. Seguro que no se daría cuenta si me pierdo su funeral.

—Puede que no, pero tu presencia marca una gran diferencia para Rocco. Le viene bien saber que tiene tu apoyo.

Mamá cogió mi mano entre las suyas.

Rocco. Le había prometido que estaría en el funeral, pero seguramente tendría tantas cosas en la cabeza que ya se habría olvidado de mí. Si el hechizo de la tía Pearl había dejado de hacer efecto en mí, seguro que también en él. En cierto modo, ese pensamiento me decepcionó.

—¿Por qué necesita Rocco mi apoyo? Hemos estado años sin vernos ni hablarnos.

Se me aceleró al pulso cuando recordé el roce de su mano. Me sentía extrañamente atraída hacia él a nivel físico, aunque mi cabeza me decía que no era bueno para mí. Puede que, después de todo, el hechizo no se hubiera desvanecido del todo.

Quería a Tyler, no a Rocco, pero no lo vería hasta que me fuera de Las Vegas. Recordé el momento en que Tyler nos paró de camino a Las Vegas. Su brillante sonrisa y su uniforme le conferían un aspecto impresionante.

De repente se me ocurrió que quizás la tía Pearl conocía mi atracción secreta hacia Tyler. Puede que no solo me hubiera secuestrado para ayudar a Rocco, sino para mantenerme alejada de Tyler. Como sheriff, era el mayor de sus problemas. Siempre estaba poniendo a prueba los límites de la ley y metiéndose en problemas. Le horrorizaría que yo saliera con él. Sin embargo, habíamos hecho todo lo posible para mantener lo nuestro en secreto, así que puede que no supiera nada.

O quizá lo supiera todo. Un escalofrío me recorrió la espalda.

—¿Cen?

—¿Sí?

—¿He mencionado que eres una de las portadoras del féretro? Será mejor que ocupes tu lugar detrás de Rocco.

Señaló a Rocco, que estaba junto a cuatro hombres mayores. Me preguntaba si eran parientes de los Racatelli metidos en el embrollo. Si lo era, parecían mucho más mayores que Carla.

—¿Qué? ¡No!

De repente todo el mundo quedó en silencio y los todos los ojos se volvieron hacia mí. Incluso el tráfico de la calle más cercana parecía haberse detenido.

—Cendrine West, mueve el culo y ponte en la fila.

La tía Pearl me empujó hacia los hombres y, por primera vez, vi el ataúd tras ellos.

Y todo el mundo me vio a mí. Me escabullí hacia los hombres y, ya que no tenía elección, tomé mi lugar.

Me sobresaltó escuchar un silbido.

—¡Chst!

La tía Pearl me dedicó un pulgar hacia arriba.

Eso atrajo la atención de dos hombres que parecían jugadores de fútbol americano. Los reconocí inmediatamente como los guardaespaldas de Rocco y me pregunté por qué tenía que llevar el féretro yo y no uno de esos hombres musculados.

Era evidente.

Debían tener las manos libres por si tenían que sacar las armas para proteger a Rocco.

Me estremecí. Si alguien le disparaba a Rocco estaría apuntando también hacia mí. Estaría justo detrás de él, a pocos centímetros.

Era demasiado pedir, y no estaba dispuesta a poner mi vida en peligro transportando el ataúd de una jefa del crimen. Me dirigí hacia la tía Pearl. Me daba la espalda porque estaba hablando con mamá, así que no me vio hasta que le toqué el hombro.

—Cendrine West, vuelve a tu sitio. —Abrió los ojos como platos—. ¡Deprisa!

Negué con la cabeza.

—No, tía Pearl. Este no es mi sitio y quiero irme a casa.

Sin coche y sin dinero para un billete de avión mis opciones eran limitadas. Miré a mi madre con gesto de impotencia. ¿No había nada que pudiera hacer?

Mamá negó con la cabeza discretamente para que su hermana no se diera cuenta.

—No. Tienes que quedarte, Cen. Te necesitan de portadora. Y yo también necesito tu ayuda desesperadamente.

—¿Por qué yo?

Me sentía culpable por causar más problemas en un momento solemne, pero también sentía que me ponía en peligro. Lo que tuviera pensado la tía Pearl seguro que era peligroso o embarazoso. O ambas cosas.

—Eres una distracción. —Me colocó un mechón de pelo detrás de la oreja—. Ya sabes, cariño. Para atraer la atención de los matones mientras Ruby y yo usamos la magia.

—No veo cómo…

—No discutas conmigo. Recuerda, me he torcido el tobillo, por eso has ocupado mi lugar como portadora. —Hizo pucheros exageradamente y un tacatá apareció mágicamente ante ella—. Esa es la historia. Te lo compensaré, lo prometo

Fruncí el ceño.

—No recuerdo que te hayas hecho nada. Hace un rato se te veía muy ágil.

—Es teatro, Cen. Mírame, apenas puedo andar. Si no me sustituyes arruinarás el funeral de Carla.

—Dudo que se dé cuenta.

—Ayúdame a salir de este aprieto —dijo la tía Pearl—. Solo tienes que andar un poco y ya está.

Discutir con la tía Pearl era inútil. Ganaba todas las disputas, y estaba demasiado cansada para oponer mucha resistencia.

Los demás portadores me miraron fijamente. Al parecer, estaba retrasando el espectáculo.

No sabía qué era más terrorífico, si llevar el cadáver de una mafiosa en su funeral, o mi incontrolable atracción hacia Rocco. Lo que sí que sabía era que la tía Pearl causaría problemas si no cumplía sus deseos.

Lo último que quería era entablar lazos con alguien que operaba a los márgenes de la sociedad. Porque si había algo que sabía seguro de la familia Racatelli, era que estaban conectados con gente muy poderosa del mundo del crimen. Gente de la cual no quería saber ni la existencia.

Lo más perturbador era la aparente relación de la tía Pearl con la familia Racatelli. No había mencionado a Carla ni una vez desde que la familia Racatelli se mudó de Westwick Corners hacía una década, y no era de las que mantenían relaciones a larga distancia. Había algo más. Estaba segura.

CAPÍTULO 17

Finalmente, el funeral se celebró una hora más tarde, sin dar explicaciones por el retraso. Mientras Rocco y los suyos esperaban en la limusina con el aire acondicionado, la tía Pearl, mamá y yo esperábamos sobre el abrasador asfalto, junto con los otros asistentes, el inicio de la ceremonia. El sol de media tarde picaba despiadadamente, y ya sentía que empezaba a quemarme la piel. Me sequé el sudor de la frente y cambié el peso de un zapato incómodo al otro.

Rocco salió de la limusina, flanqueado por sus corpulentos guardaespaldas. Los dos que había reconocido antes y otros dos. Caminaron todos lentamente por la carretera de asfalto hasta donde nos encontrábamos nosotras, fuera del edificio.

Hacía un día más para camisetas de tirantes y pantalón corto que para trajes de lana, y me sentía mareada por el calor. No podría aguantar hasta que terminara.

El enterrador sacó el ataúd del coche fúnebre y nos indicó a los portadores que ocupáramos nuestros puestos. En lugar de quedarme detrás de Rocco, me tocó ponerme entre dos hombres de aspecto frágil que rondaban los setenta. Ambos tenían la espalda encorvada y parecían a punto de caerse por el calor.

Nunca antes había portado un ataúd y estaba extremadamente nerviosa. No era lo más agradable para un día así. Por suerte, me había tocado en medio, así que solo tenía que seguir a los demás. Eran décadas mayores que yo, por lo que asumí que probablemente ya lo hubieran hecho antes.

Ocupé mi sitio y agarré el asidero de metal. El ataúd estaba a mi derecha. No tenía mucha confianza en mis compañeros. Parecían no ser capaces ni de llevar las bolsas de la compra a la vuelta de la esquina. Esperaba que entre todos reunieran fuerza suficiente. La distancia hasta la tumba era de unos cincuenta metros, pero había tantas cosas que podían salir mal...

Me pareció raro ser la única mujer portadora, especialmente porque era una sustituta de último minuto de la tía Pearl. Media menos de metro y medio, y no había manera posible de que pudiera llevar el ataúd sin recurrir a la magia. Era raro que la hubieran elegido. En general, la elección de portadores era bastante extraña, teniendo en cuenta la gran cantidad de jóvenes robustos que teníamos alrededor. Habría un centenar de personas, y probablemente, la mayoría serían más cercanas a Carla y a Rocco que yo. Entendía que no hubieran elegido a los guardaespaldas, pero ¿y los otros invitados? ¿Por qué no los habían elegido portadores?

Me sequé el sudor de la frente con la mano libre y me di cuenta de que la tía Pearl había planeado que yo fuera portadora desde el principio. Como de costumbre, tenía un plan. Deseé conocerlo.

Con cada paso, me sentía más cansada. Me esforcé por mantener el féretro de Carla a la altura de los otros portadores que, aunque débiles, eran más altos que yo. Mantuve incómoda el brazo en alto para mantenerla al nivel de los demás.

El ataúd de Carla era más pesado de lo que quería, y sentía que me iba a desmayar en cualquier momento. A juzgar por el paso lento, a los demás portadores también les costaba sostener el peso.

Continuamos con paso lento por el asfalto desigual. Conté cada paso mientras nos tambaleábamos y nos volvíamos a estabilizar, una y otra vez. Nos movíamos penosamente hasta la tumba, aún a cuarenta metros. Tenía cada vez más calor y estaba más sudada, mientras que el asidero de metal se me estacaba en la mano. Estábamos a mitad camino, pero el dolor de mano se volvió insoportable.

A ese ritmo, me desmayaría antes de llegar a la tumba. Miré a los débiles ancianos que tenía por compañeros y me cuestioné nuestra capacidad para llegar al final.

Un, dos, tres...

Contaba silenciosamente los pasos, pensando que me quedaban como mucho cien antes de descargar el ataúd de madera.

Catorce, quince...

El hombre que tenía delante tropezó con una grieta en el asfalto y se tambaleó. Cayó de rodillas, sin dejar de sujetar el ataúd con una mano.

Mis rodillas se tensaron por el peso e hice todo lo que pude para no tropezar con él. Inmediatamente me arrepentí de haber dejado de entrenar con pesas. Se me dobló la pierna derecha y me incliné hacia delante. Me desincronicé con respecto a mis compañeros y su acompasado paso. Trastabillé, pero recuperé el equilibrio. Todos nos detuvimos un instante mientras el peso del ataúd iba trasladándose.

Alguien ayudó a levantarse al hombre que había caído. Para mi sorpresa, recuperó su lugar. Esperaba que alguien lo sustituyera, pero nadie lo hizo.

—Vaya, pesa mucho —dije casi sin aliento—. Carla debió engordar mucho.

Si alguno de los otros portadores me oyó, no lo demostró.

—¿Preparados? Un, dos, tres. —El hombre que tenía delante habló lo suficientemente fuerte para que lo oyera—. Vayamos más lento esta vez.

Gruñí. Pensé que, en todo caso, debíamos aumentar el ritmo antes de perder las fuerzas. Sin embargo, no me atrevía a decir a nada.

Obedecimos y bajamos arrastrando los pies por el asfalto por el asfalto hacia la tumba como un desfile militar del geriátrico. En enterrador nos indicó que giráramos a la derecha, dejando el asfalto para meternos en el césped. Caminamos penosamente por el terreno desigual y atravesamos una hilera de lápidas. Cada vez me resultaba más difícil permanecer en formación, mantener el equilibrio y sujetar el ataúd al mismo nivel que los demás. Me concentré en mis pasos, poniendo un pie delante del otro.

Conseguimos dar unos pasos más por el césped pero mi equilibrio se resintió. El asidero del ataúd se me clavó aún más en la mano, cortándome la circulación. Se me entumeció la mano tanto que dejé de sentir el tacto del asidero de metal. Me forcé a seguir. Solo nos quedaban unos pasos.

Había pasado mucho tiempo desde la última vez que había visto a Carla Racatelli, pero incluso teniendo en cuenta las enormes raciones de comida de Las Vegas, el féretro pesaba mucho más de lo esperado.

Y eso me extrañaba, porque la Carla que recordaba era ligera como la tía Pearl, apenas pesarían 45 kilos. Un eventual aumento de peso se repartiría entre los seis portadores, por lo que no requeriría una fuerza sobrehumana. Una vez más, las rodillas se me doblaron por el peso.

La mano me palpitaba de dolor y me centré en el suelo, intentando contar los pasos y los segundos que quedaban para que Carla llegara a su lugar de descanso y yo pudiera liberar la mano dolorida.

Un pequeño grupo de hombres y mujeres se colocó alrededor de la tumba abierta, seguidos por todos nuestros acompañantes. Íbamos ganando impulso conforme nos acercábamos.

Menos de diez pasos para liberar la mano.

Los instantes siguientes fueron muy confusos. La parte inferior de ataúd se resquebrajó y algo cayó. Me quedé paralizada en el sitio cuando el peso cambió.

Una mujer gritó y señaló hacia nosotros.

Miré el ataúd y se me abrió la boca en una mueca de horror.

Un par de piernas sobresalían del ataúd justo a mi lado.

Grité.

Piernas peludas. Definitivamente, eran pantorrillas masculinas que salían de un pantalón. Estaban unidas a un cuerpo innegablemente masculino, con una protuberante barriga apenas contenida en un traje negro de rayas.

No era Carla.

El cadáver golpeó el suelo como un duro maniquí, claramente en un estado de rigor mortis avanzado. El ataúd rebotó por la repentina pérdida de peso. Intenté estabilizarme. Esta vez fue un poco demasiado tarde. Salió volando de nuestras manos, cayó de punta sobre el suelo y volcó hacia un lado. Aterrizó con un ruido seco sobre el cuerpo.

Mamá gritó y señaló el féretro.

—No es Carla.

Evidentemente, no lo era, a menos que Carla se hubiera convertido en un hombre con sobrepeso.

La tía Pearl se desmayó y cayó hacia detrás sobre la multitud reunida alrededor de la tumba. Dos hombres de unos treinta años con traje negro la sujetaron y la condujeron al coche fúnebre, donde pudo descansar.

Una bisagra chirrió cuando la tapa del ataúd se abrió. La pequeña Carla Racatelli sonreía serenamente a la multitud, con los brazos cruzados sobre su rígido cuerpo. De algún modo, había permanecido dentro del ataúd, cosa que agradecía.

Un par de adolescentes sacaron fotos con sus teléfonos. Me estremecí al pensar que las publicarían en Facebook, Instagram o cualquier otra red social. Podían estar muertos, pero Carla y su inesperado invitado estaban a punto de volverse virales.

—¡Eh! ¡Dejad los móviles y ayudadnos con esto! —Indiqué a los chicos que cogieran el ataúd y lo llevaran a la tumba.

Estaban tan sorprendidos por mi arrebato que se guardaron los móviles sin rechistar y cumplieron.

—Lo tiene bien merecido —murmuró un hombre jorobado vestido de negro—. Tiene lo que se ha buscado.

Empezó una pelea entre él y los dos hombres que tenía detrás, mientras otros especulaban quién sería el siguiente. El sombrío funeral se había convertido en una pelea de gritos a la italiana, y me preguntaba cuando empezarían a lanzarse cosas.

O peor, pensé mientras buscaba a Rocco con la mirada. Vi a sus guardaespaldas meterse la mano bajo las chaquetas.

—¿Qué demonios está pasando? —Rocco Racatelli se puso frente al empleado de la funeraria, bloqueándole el camino—. ¿Qué le ha hecho a mi abuela?

—No entiendo nada. Yo mismo metí a la señora Racatelli dentro del ataúd. —Se sonrojó y empezó a sudar cuando se arrodilló en el césped. Respiró hondo y cerró la tapa del ataúd—. Todo bien. Sigue ahí dentro.

—Mi abuela financió un funeral completo —dijo Rocco—. No un dos por uno en un ataúd compartido. Te arrepentirás de esto.

Los dos hombres que habían ayudado a la tía Pearl se acercaron al empleado de la funeraria. Este se echó a temblar, visiblemente asustado.

—Ahora no —Rocco les indicó que se marcharan con un gesto de mano.

De repente, la tía Pearl se materializó a mi lado.

—Esto sacaría de quicio a Carla. Nunca volaba en clase turista. Nunca haría algo como compartir ataúd para ahorrar.

El empleado funerario palideció.

—Alguien ha alterado el ataúd. Tiene un doble fondo.

—¿Te refieres a dos compartimentos?

Eso explicaría el peso del féretro. Carla y el hombre misterioso juntos superarían los ciento treinta kilos.

Era una forma ingeniosa para deshacerse de un cuerpo, y solo funcionaría debido a la pequeña complexión de Carla.

Casi funcionó.

El cuerpo de Carla estaba arriba, así que, si no hubiera sido por la rotura, nadie habría descubierto que había dos cuerpos. Normalmente no se busca a los desaparecidos en el cementerio.

¿Pero de quién era el otro cuerpo? Alguien lo estaría echando de menos.

—¿Sabéis quién es este hombre?

Todos me miraron como si fuera idiota.

—¿No lo sabes? —Rocco dudó antes de responder—. Danny Huesos Battilana.

—¿Huesos? —pregunté sobresaltada.

El rechoncho hombre no le hacía justicia a su nombre, y no podía creer que fuera él quien le rompió el corazón a mamá. La miré de reojo y vi cómo se secaba las lágrimas.

—Había asumido que lo conocías —comentó Rocco arqueando las cejas en señal de sorpresa.

Negué con la cabeza, algo mosqueada porque, al parecer, era la única que no conocía la relación secreta de mamá.

—He oído hablar de él.

La muerte le daba a Huesos una coartada inamovible. A juzgar por las condiciones del cuerpo, llevaba muerto más tiempo que Carla. El orificio de bala que tenía en la frente indicaba que no había muerto por causas naturales.

Si Huesos no había matado a Carla, ¿quién lo había hecho? Quizá la misma persona los había matado a los dos. Ambos eran los capos de sus respectivas familias de delincuentes, así que alguien buscaba hacerse con el poder.

Escruté la multitud sintiéndome vulnerable de golpe. Quienquiera que fuera el asesino, probablemente estaría en el cementerio. Me aparté de Rocco por si él era el próximo objetivo.

Salté cuando alguien me rozó el codo y lo empujé.

—Pero ¿qué...?

—Cen, cálmate. —Mamá me acarició el brazo. Las lágrimas resbalaban por sus mejillas y estaba claramente afectada. Si reclinó sobre mí—. ¿Quién haría algo así?

¿Tenía que fingir que no sabía nada de Huesos? Miré a la tía Pearl esperando indicaciones, pero estaba demasiado ocupada hablando con Rocco. Decidí que no era el momento ni el lugar para preguntarle por su amante secreto.

—Alguien que quería encubrir un asesinato, supongo.

—De entre todos los lugares posibles, ¿por qué esconderlo en el ataúd de Carla? —Mamá frunció el ceño—. Así parece que estén durmiendo juntos.

—Lo siento. Parece que lo estás llevando muy bien.

No era cosa mía decírselo, pero mamá no tenía ni idea de cuánta razón tenía. Solo esperaba que nadie se lo dijera, para protegerla de la verdad.

—Estas cosas pasan. —Se encogió de hombros—. No hay mucho que podamos hacer al respecto.

Me moría de ganas por entender la relación de mamá con Huesos Battilana, pero no me atrevía a preguntar por si alguien escuchaba. Cualquiera que conociera la relación de mamá con Huesos podría ir tras ella. No hacía falta ser un genio para darse cuenta de que una venganza de la mafia siempre iba a peor. Tenía que descubrir un modo para detener la guerra antes de que hubiera más víctimas.

CAPÍTULO 18

Rocco no había escatimado en gastos para el funeral de Carla. Había suficiente comida para alimentar a un regimiento. Y los mafiosos parecían tener mucho apetito. Un flujo constante de invitados entraba y salía de la sala de la comida para mostrar sus respetos a Rocco. Este se quedó junto a la puerta, charlando con tres mujeres que parecían tener la edad de Carla.

Otra docena de personas se arremolinaba junto a una larga mesa llena de canapés, elaborados sándwiches, dulces franceses y fruta exótica. Pero la mayoría de los asistentes se encontraba al lado de la barra, donde un camarero servía chupitos de whisky, brandy y licores italianos. Las conversaciones aumentaban de volumen con cada trago, la mayoría de ellas centradas en el incidente de Huesos Battilana y las especulaciones sobre cómo había acabado tan dramáticamente.

Era difícil ignorar una bala en la frente.

Me quedé en un rincón de la sala, intentando sin éxito ver a través de los vidrios coloreados que decoraban los grandes ventanales. Detrás de ellos se veía el cementerio y la escena del crimen llena de tumbas, donde la policía buscaba evidencias.

Extrañamente, la policía se quedó fuera. Nadie entró a interrogarnos. Tenía el presentimiento de que la policía ya tenía una lista breve de sospechosos, la mayoría de los cuales se encontraban en la sala. Sin embargo, ninguno de los invitados pareció fijarse en las actividades que se desarrollaban en el exterior. Parecía no preocuparles.

Aún me sentía mal por haber dejado caer el ataúd. Me avergonzaba ser la más débil de los portadores, ya que los demás me sacaban cuarenta años. Prometí empezar una rutina de ejercicios cuando volviera a casa.

Pero mi debilidad tenía un lado positivo. Si no hubiera sido por mí, Huesos Battilana seguiría siendo el sospechoso número uno del asesinato de Carla, encaminando la investigación en la dirección equivocada. Ahora que había sido tachado de la lista de sospechosos, podíamos centrarnos en otros cabos sueltos, en vez de asumir que Danny Battilana era culpable y que se había dado a la fuga. Me sentía una especie de heroína por haber "descubierto" el cuerpo. Extrañamente, nadie parecía compartir mis sentimientos.

Me sentía fatal por mamá. Una cosa era descubrir que tu novio había muerto, pero verlo caer de un ataúd era algo completamente diferente. Mamá había reaccionado excepcionalmente bien, con mucha entereza y dignidad. En aquel momento, se encontraba a mi lado, de camino a su segundo trozo de tiramisú.

—¿Seguro que estás bien?

La examiné más de cerca.

—¿Por qué no iba a estarlo? —dijo limpiándose los labios con una servilleta—. Un viaje gratis a Las Vegas, comida deliciosa y una increíble suite donde alojarse. ¿Qué más podría pedir?

—Ya sabes a qué me refiero. Huesos.

—¿Qué pasa con él? —Frunció el ceño.

—Era... amigo tuyo, ¿no? ¿No te sientes un poco triste?

—¿Qué? Apenas lo conocía, pero nunca entendí qué veía Pearl en él. Estaba enamorada.

CAPÍTULO 19

Mamá y yo estábamos a un extremo de la barra, lo que nos daba una buena visión de toda la sala y de la policía que trabajaba al exterior. A parte de unos agentes uniformados vigilando la escena, no parecía ocurrir mucho más.

Me volví hacia mamá.

—¿Con cuántas mujeres salía Huesos? Con Carla, con la tía Pearl, contigo… —dije contando con los dedos—. ¿Me dejo alguna?

—No, Cen, ya te lo he dicho, nunca he salido con Huesos —explicó mamá—. No podía soportar su mera presencia. Pero Carla y la tía Pearl estaban locas por él. Probablemente, eso fue lo que estropeó la amistad. Huesos dejó a Pearl por Carla, y desde entonces querían matarse. El tipo no lo vale, créeme.

Me quedé boquiabierta.

—Pero la tía Pearl ha dicho…

Mamá le quitó importancia con un gesto de mano.

—Ya sabes cómo es. Nunca da una respuesta clara y siempre se está inventando cosas. Le gusta crear polémica.

La tía Pearl no solo había mantenido en secreto su rivalidad amorosa con Carla, sino que también me había mentido sobre la relación de mamá con Huesos. Creía a mamá por encima de la tía Pearl, así que me alivió su negativa.

Pero la historia de mamá planteaba un problema. Significaba que la tía Pearl tenía motivos para matar tanto a Carla como a Huesos. Sabía que no era capaz, pero nadie creería a mi tía gruñona y embustera.

Tenía una coartada para la tía Pearl durante el viaje en caravana, pero no para antes. La policía no podía dejar pasar el agujero de bala en la frente de Huesos, lo que significaba que iban a empezar a buscar sospechosos. Era solo cuestión de tiempo que se centraran en relaciones amorosas como la de la tía Pearl.

Volví a mirar a mamá.

—¿Estás completamente segura de que no has salido con Huesos? ¿Ni una vez?

Quería estar absolutamente segura de los hechos.

—¡Por encima de cadáver! No puedo con él.

—¡Chst! No queremos que alguien se haga una idea equivocada.

Algunas personas del bar miraron en nuestra dirección, incluyendo la tía Pearl, que no podía oírnos desde el otro extremo del bar. Estaba sentada sobre el regazo de un hombre de unos setenta años. Llevaba una camisa rosa de aspecto caro y un traje negro a rayas rosa a juego. Al parecer, las rayas eran un clásico atemporal en el mundo de la mafia.

—¿Quién es el hombre que habla con la tía Pearl?

—Es El Hombre.

—¿Qué?

Al parecer no había guardado el luto por Huesos durante mucho tiempo.

—Manny «El Hombre» La Manna —explicó mamá—. Pearl está obsesionada con él. Y creo que el sentimiento es mutuo.

Seguí su mirada al otro lado del bar, donde ambos habían entrelazado los brazos para brindar.

—¿La tía Pearl también siente algo por él? ¿Desde cuándo?

Mamá se encogió de hombros.

—Desde hace un par de meses. Se ha vuelto loca con los hombres,

Cen. No sé qué le ha dado últimamente. Quizás es por los batidos de col rizada que bebe.

—Voy a ver qué trama.

Me encaminé hacia el centro del bar y atraje la atención del camarero. Primero rellenaría mi copa de Sauvignon blanco. Necesitaba refuerzos para sonsacarle la verdad a mi tía. Sospechaba que la tía Pearl, mamá, o ambas, me habían mentido sobre Huesos, y no me iba a rendir hasta llegar al fondo del asunto.

La tía Pearl se materializó a mi lado instantes después.

—No lo estropees con tus intromisiones, Cen. Ocúpate de lo tuyo y no hagas preguntas.

—Creía que me habías traído para eso. Para que me entrometiera.

Tenía muchas preguntas sin respuesta. En menos de veinticuatro horas habíamos hecho un viaje en caravana, nos habíamos visto envueltas en un tiroteo, habíamos descubierto un hombre muerto y, en ese preciso momento, estábamos rodeadas por los delincuentes más buscados de Estados Unidos.

—Si tú no me dices la verdad alguien lo hará. Tu amigo, por ejemplo. El señor La Manna.

—Deja a Manny fuera de esto.

—Pero me muero por conocerlo. He oído hablar mucho de él.

Los ojos de la tía Pearl se abrieron como platos. Buscó con la mirada a mamá e hizo ademán de lanzarle un hechizo.

Mamá simplemente se encogió de hombros, aunque juraría haber visto el rastro de una sonrisa.

—Te lo presentare en otra ocasión. Estoy en modo control de daños, intento evitar que vaya detrás de Rocco y el imperio Racatelli. Las conversaciones sobre posibles fusiones me matan.

—¿Manny también es un capo?

Me sorprendió el papel pacifista de mi tía. La diplomacia no era su fuerte, y actuar como una Henry Kissinger del mundo de la mafia parecía altamente peligroso y totalmente innecesario. Además de su completa falta de tacto y persuasión, era muy poco probable que cualquier tregua entre esos tipos no durara más que unas horas.

La tía Pearl asintió.

—Con Carla y Huesos fuera de juego, Manny no va a perder el tiempo. Quiere a Rocco fuera de su camino. Está dispuesto a hacer una oferta muy generosa, pero una respuesta negativa no es una opción.

—No puedo creer que seas tan cercana con esta gente. ¿Crees que Manny pudo matar a Carla y a Huesos? Quizá Rocco sea el siguiente.

Soné exactamente como mi tía, cosa que me horrorizaba.

—Por eso será mejor que actuemos rápido.

—No parece que tu flirteo sea una actuación. Pareces estar pasándolo bien.

—Crece un poco, Cendrine. Estoy haciendo un sacrificio personal. Es lo mejor para todos.

Le puse la mano sobre el brazo.

—No, tía Pearl. Creo que tenemos que ocuparnos de nuestros propios asuntos. Vámonos.

Para mi sorpresa, la tía Pearl estuvo de acuerdo.

—Vale, está bien. Salgamos de aquí.

CAPÍTULO 20

Busqué entre la sala de recepción del funeral a Rocco. Quería despedirme, pero sin que nadie lo notara. Si Rocco estaba en peligro, no quería que me asociaran con él.

Pensándolo mejor, la idea de pasar desapercibida era una tontería. Ya había atraído la atención de todo el mundo sobre la faz de la tierra dejando caer el ataúd. Todos asumirían que una portadora sería muy cercana a Rocco y a la familia Racatelli.

Rocco me vio y cruzó la sala.

—¿Te has recuperado de la caída?

Me ruboricé.

—Lo siento mucho. Ha debido de ser por el calor. Será mejor que vuelva al hotel y descanse un poco.

Era la excusa perfecta para marcharme. A parte del calor de Las Vegas, mi vestido de lana y los ancianos portadores no habían jugado mucho a mi favor.

—No ha sido culpa tuya.

Sus profundos ojos azules se fijaron en los míos.

Asentí mirando hacia la barra.

—La verdad es que Carla tenía muchos amigos.

Los invitados más bien parecían estar de celebración que de luto, pero cada uno lo llevaba a su manera. Los mafiosos probablemente estaban más tiempo de luto que la gente corriente, así que era comprensible que no estuvieran muy afectados.

—¿Amigos? —rio—. Más bien amienemigos. Vienen aquí a celebrar la muerte de la abuela, y quizás dar un paso en su negocio. Es un despiadado juego de apuestas. Matarían por su propio beneficio. El asesino de la abuela está entre nosotros, no cabe duda.

—Quizá la policía vuelva a abrir la investigación. —Rocco me miró confundido—. Ya sabes, por el incidente del ataúd y todo eso. Es demasiada casualidad que Carla y Huesos hayan muerto tan repentinamente. Puede que alguien los quisiera a los dos muertos.

Rocco suspiró.

—Probablemente, la mitad de la gente que hay aquí. Algunos de ellos saben lo que la pasaba a la abuela con la piscina. Le daba miedo el agua y nunca se acercaba a la piscina. Siempre la tenía vacía. Ya has visto qué pequeña y poco profunda es.

Fruncí el ceño.

—No.

—Claro que la has visto, Cen. Te alojas en su suite.

—¿Qué? Ah, sí, claro. —Recordé la piscina, asombrada. Estaba enfadada con la tía Pearl por omitir un detalle tan importante. Nunca había imaginado que nuestra suite era el lugar de la muerte de Carla, menos aún una escena del crimen—. Quizá sea mejor que nos alojemos en otro sitio.

—No será necesario. La policía acabó su trabajo en la suite y limpió la escena. Es un lugar muy seguro. En cierto modo, es mejor. Me alegra saber que allí estáis seguras.

—¿Estamos en peligro?

—No, para nada. Pero, sinceramente, vuestra relación conmigo tiene algo de riesgo. Se lo advertí a Pearl, pero insistió en que no era problema.

Sin embargo, la tía Pearl tenía otro problema. Yo. Me molestaba que no dijera la verdad, y pensaba hacerle frente.

—Pero si la policía piensa que se ahogó por accidente y no fue así, quiere decir que hay un asesino suelto. Quizá la misma persona se cargara a Huesos.

—Puede, pero nunca lo sabremos.

Puede que la policía justificara un cadáver en una piscina, pero uno en un ataúd con un agujero de bala en la frente, eso era otra historia.

—Pero la policía no puede...

—La policía está comprada. Sé lo que piensas. Huesos Battilana era un objetivo obvio. La policía encontrará algún modo de cerrar su caso también. Quizá se lo culpen a otro muerto. Alguien quiere una parte de nuestro imperio. El dinero habla.

—Me parece un poco extremo.

Nunca se había hablado de los negocios de la familia Racatelli en Westwick Corners, sobre todo porque teníamos la sensación de que incluía asuntos ilegales y no queríamos vernos involucrados. Nuestro pequeño pueblo actuaba bajo la política «No preguntes, no digas» en ese tipo de asuntos. Aun así, la referencia directa de Rocco a los tratos de su familia en el mundo del crimen me sorprendió.

Rocco miró fuera hacia la zona de las tumbas.

—Lo más fácil es contaminar la escena del crimen. Probablemente sea lo que están haciendo ahora, eliminar cualquier posibilidad de que puedan encontrar suficientes pruebas para culpar a alguien.

—¿Un encubrimiento? —No estaba convencida de que la policía falseara la investigación. Pero quizá las cosas fueran diferentes en Las Vegas—. Huesos tenía un tiro en la frente. Al menos tienen que investigar eso.

Rocco asintió.

—Lo harán, pero no se esforzarán mucho. O intentarán culpármelo a mí.

—Pero no hay motivos por los que tú... —La respuesta me vino a la mente antes de terminar la frase. Como marido de Carla, Huesos se interponía directamente entre Rocco y el imperio Racatelli—. Da igual.

—¿Por qué Carla tenía piscina si le tenía un miedo mortal al agua?

Me di cuenta de mi mala elección de palabras en cuanto las pronuncié, pero Rocco pareció no darse cuenta.

—La suite del ático ya tenía piscina cuando compramos el hotel. Ella insistió en vivir allí. No es fácil quitar una piscina de un piso tan alto. Llenarla haría que se viera fea, así que la abuela simplemente la tenía siempre vacía. Excepto el día de su muerte, por supuesto. Aquel día estaba llena. Por eso creo que fue una trampa. —Rocco calló un momento y miró al vacío—. Por lo menos fui yo quien la encontró.

—Lo siento mucho, Rocco.

—La policía afirma que fue un accidente, pero yo sé que no. La mafia está involucrada.

Tenía tantas preguntas que no sabía ni por dónde empezar. De momento, olvidé que tenía que marcharme.

—Quizá no es demasiado tarde para pedir la autopsia. Dadas las circunstancias...

Miré al exterior. El descubrimiento de Battilana requería una investigación más profunda, y el cementerio aún tenía que ser peinado.

Se encogió de hombros con las palmas de las manos hacia arriba.

—Aunque lo hicieran no revelarían los resultados. Lo mantendrían en secreto. Creo que sé por qué.

—Tenemos que obtener un informe de autopsia, Rocco.

Pese a mi plan de ocuparme de mis propios asuntos, yo también quería justicia.

CAPÍTULO 21

A pesar de mis intenciones, me quedé en la recepción del funeral, en un rincón de la sala junto a Rocco. No podía evitarlo. Volvía a sentir algo por él. Quizá la tía Pearl hubiera renovado el hechizo. Pero no era solo atracción física lo que sentía hacia Rocco. Sentía pena por él.

Cuando todos los asistentes hubieron presentado sus respetos, las cosas empezaron a ponerse interesantes. Básicamente, estaban todos emborrachándose en el bar.

A la tía Pearl y a mamá no parecía importarles. Ambas se tambaleaban sobre sus piernas tras haber tomado demasiado vino.

—¿Ves a ese chico de ahí? —preguntó Rocco señalando al acompañante de la tía Pearl. Se había apartado de la barra y estaba en el buffet, rellenando su plato con un segundo postre—. Es Manny "El Hombre" La Manna. Intenta deshacerse de sus competidores y entrar en nuestro imperio.

La Manna no era una persona activa, ni siquiera junto al buffet. Medía apenas metro y medio y no tenía presencia suficiente para intimidar a nadie, menos aun para apoderarse de los negocios de otro. Pero probablemente habría contratado a gente para que le hiciera el trabajo sucio.

—¿Es ese? —Asentí. No quería que supiera que ya conocía a Manny. Lo vi chuparse los dedos y limpiarse las manos en su traje de rayas. No conseguía entender qué le veía la tía Pearl. Además de su dudosa ocupación, era un maleducado, algo a lo que, extrañamente, la tía Pearl le daba mucha importancia—. ¿Crees que está involucrado?

—Sin duda alguna.

—¿Y por qué ese apodo tan extraño?

Vimos a Manny volver hacia la barra con un plato lleno de tiramisú.

—Todos tienen apodos. Es por protección en caso de soplones o vigilancia policial.

Eso confirmaba sus actividades delictivas, que, en un lugar como Las Vegas, probablemente incluían cosas como partidas amañadas, apuestas ilegales y blanqueamiento de dinero. Me parecía muy insensible presionar a Rocco para que me diera más detalles, así que, en lugar de eso, le pregunté por los negocios de Manny La Manna. Tenía que estar en la misma línea de trabajo, teniendo en cuento sus planes.

—¿De qué modo estafa?

—Usura, extorsión, préstamos ilegales... llámalo como quieras. Casi todo lo que se cuece aquí en las sombras.

Volví a fijarme en Manny que seguía junto a la barra. Había atacado el tiramisú con tantas ganas que parecía que fuera a lamer el plato.

El hombre que había a su lado atrajo mi atención de repente.

—Conozco a ese hombre. —Señalé a Christophe que estaba al lado de Manny—. Me sorprende ver a nuestro mayordomo en el funeral. Pero supongo que tiene sentido. Después de todo, era el mayordomo de Carla.

—¿Mayordomo? —preguntó extrañado—. La abuela nunca tuvo un mayordomo.

—Está incluido en la suite. Al menos eso es lo que dijo.

Rocco me observó con mirada perdida.

—Crisco no tiene nada que hacer en la suite. No es ningún mayordomo.

—¿Crisco? ¿Qué clase de nombre es ese?

—No quieras saberlo. Crisco trabaja para Manny. Hace todo el trabajo sucio que los demás no quieren. —Rocco se puso la mano en la barbilla, pensativo—. Quizá no sea tan malo. Si está en la suite puedes tenerlo controlado.

Manny parecía tener tentáculos por todas partes, y, aparentemente, se habían extendido hasta mi propia familia. Me dio un escalofrío, aunque el ambiente en la habitación era cálido.

Se me aceleró el pulso. Fuera cual fuera la razón por la que Christophe se encontraba en nuestra habitación, no tenía nada que ver con canapés ni con cócteles. Quería algo de nosotras.

—No. Tenemos que deshacernos de él. Tenemos que advertir a mamá y a la tía Pearl.

Rocco me puso la mano sobre el brazo.

—No puedes hacer eso. Lo apartarás. Además, no va a por ti. Va a por mí. Cree que volveré a la suite.

—Pero y si...

—Tú y tu familia no podíais importarle menos, Cen. Sin ofender, pero probablemente me esté tendiendo una trampa. Solo dame algo de tiempo antes de hacer algo. Tienes que quedarte ahí. O de otro modo, empezará a sospechar. Ten un ojo puesto en él hasta que se me ocurra un plan. No puedo dejar que me atrape.

—Eso no tiene sentido. Está aquí en el funeral. Podría atraparte si quisiera.

Rocco me indicó que mirara a mi alrededor.

—No va a acabar conmigo en el funeral en plena vista. Hay demasiados testigos. Además, es un funeral. Hay líneas que ni los mafiosos se atreven a cruzar.

No compré el razonamiento de Rocco. Cualquier mafioso que se hiciera respetar, mantendría la boca cerrada. Si un golpe no era razón suficiente para un código de silencio, no sabía qué podría serlo.

La ira crecía en mi interior.

—¿Cómo has podido dejar que nos quedáramos en la suite sin decírnoslo?

—Pearl ya sabía el plan, y Crisco no es un gran problema. Vosotras le mantenéis vigilado mientras yo me centro en Manny.

—No estoy tan segura. Puede que Christophe ya tenga ventaja sobre nosotras.

Pensé el fuerte vino que nos sirvió, un método excelente para neutralizar a una bruja, o incluso a tres. ¿Cómo había conseguido acceder a la suite en primer lugar? ¿Cuánto tiempo llevaba allí? Quizá Christophe hubiera matado a Carla.

Christophe podía tenernos a línea de tiro, pero nosotras también podíamos acorralarlo.

—Tened cuidado —dijo Rocco—. Pero realmente necesito toda la ayuda que pueda conseguir. El plan de Manny está bastante claro. Primero la abuela, después Huesos Battilana. Significa que yo soy el próximo en la lista. Cuando se deshaga de todos nosotros, Las Vegas estará bajo su control.

Lo veía muy enrevesado, pero Rocco parecía saber bien de lo que halaba.

Volví a centrarme en Christophe, pero ya no me sonreía. Su sonrisa se había convertido en una expresión de mala cara dirigida a Rocco. Christophe inclinó la cabeza y le dijo algo a Manny, que también nos miró. Manny le dio un codazo a un hombre que se había unido a ellos. El hombre hizo el gesto de rajar el cuello con el pulgar.

Los tres rieron.

Tuve el presentimiento de que no volvería a disfrutar de uno de los cócteles mortales de Christophe en mucho tiempo.

CAPÍTULO 22

Salí del ascensor detrás de mamá y de la tía Pearl. En cuanto puse un pie en el recibidoe de mármol, hice una pausa. Necesitaba un momento para reordenar mis pensamientos. En lugar de eso, me topé de cara con el cuadro de la pareja de la era Capone. Parecían mirarme fijamente. En ese momento me di cuenta de que, probablemente, fueran los padres de Carla o de Tommy. Los profundos ojos azules de la mujer eran como los de Rocco y el hombre parecía el gemelo de Rocco vestido al estilo de los años treinta.

La suite parecía más una cárcel que un refugio, pero era demasiado tarde para echarse atrás. Me gustara o no, estábamos obligadas a ayudar a Rocco.

Me relajé al observar la suite. No se veía a Christophe por ninguna parte, pero esperaba que llegara en cualquier momento.

Un escalofrío me recorrió la espalda. Tenía que descubrir el motivo por el cual Christophe rondaba por allí. El simple hecho de pensar en enfrentarme a él me ponía de los nervios. No era lo que quería Rocco, pero necesitaba saber qué pasaba y preguntárselo parecía ser la única opción. Nos hacía falta un plan y teníamos que actuar con rapidez.

La tía Pearl se durmió en el sofá, cansada pero relajada y despreocupada. Mamá se tambaleó hacia las puertas de la terraza, riendo sin motivo a causa de las copas de más que había tomado en el funeral.

El aire acondicionado de la suite hizo que me enfriara, pero me enfrió los nervios. Fui directamente al piso de arriba y cambié mi incómodo vestido de lana por un pantalón corto y una camiseta. Coloqué la maleta sobre la cama y metí mis pertenencias en el interior. Quería tener el equipaje hecho para poder irme en cualquier momento. Por supuesto, existía la posibilidad de que Christophe no volviera, pero era mínima. Manny quería librarse de Rocco, y la gente cercana a él también podría estar en peligro. Podía usarnos como rehenes o algo peor. Había intentado convencer a mamá y a la tía Pearl de ello de camino al hotel, pero habían dicho que era una idea ridícula.

Con o sin ellas, estaba decidida a irme a casa. Por lo que a mí respectaba, Rocco estaba solo. Él era el único que podía librarse de una vida de crimen. Tenía mis dudas sobre dejar a mamá y a la tía Pearl en medio de una guerra territorial, pero no era capaz de detenerlas.

Recordé la explicación de Rocco sobre la causa de la muerte de su abuela. Supuestamente, Carla se había ahogado, aunque había sido descubierta boca arriba en la piscina. Desde el principio me había parecido extraño, pero en ese momento caí del motivo.

Normalmente las víctimas de un ahogamiento eran encontradas boca abajo. Para ahogarse había que sumergirse en el agua, o al menos, sumergir la cara. Un cuerpo flotaba en la misma posición en la que había perdido la vida, siempre que nadie lo manipulara. Los muertos no se movían si no había algo que los moviera.

O alguien.

Eso confirmaba la teoría de Rocco. También me alarmó, ya que la única persona indeseada que podía acceder a la suite iba a llegar en cualquier momento.

Cerré la maleta y bajé dando brincos por la escalera.

—¡Tía Pearl!

—¿Ahora qué?

—Si te niegas a irte de aquí, lo mínimo que podemos hacer es librarnos de Christophe. No puede quedarse con nosotras.

Una vez descubierta toda la farsa, esperaba de él algo más que unos elegantes cócteles.

La tía Pearl rio.

—No seas ridícula, Cen. Chris es inofensivo. Solo hace lo que Manny le dice que haga.

Levanté los brazos en forma de protesta.

—Ese es el problema. Christophe trabaja para Manny, y Manny quiere matar a Rocco.

No era capaz de llamarle Crisco, era demasiado raro.

—Y Manny hace lo que yo quiero.

La tía Pearl se colocó un mechón de cabello plateado detrás de la oreja y me guiñó un ojo.

—¿Por qué mantienes una relación con un mafioso? Es un asunto muy serio, tía Pearl. Estamos en medio de una lucha territorial y acabaremos heridas. Podrías hacer que nos mataran a todas.

—Claro que es algo muy serio. Estamos aquí por una razón, Cen. Para encontrar y atrapar al verdadero asesino.

Miré hacia la terraza donde mamá estaba sentado al lado de la piscina, con los pies sumergidos. En la misma piscina en la que Carla había encontrado el fin de su vida. Me estremecí.

—Está bien. —La tía Pearl levantó el dedo—. Un momento.

La seguí dentro de la cocina.

—Solo porque la policía no haga su trabajo no significa que tengamos que hacerlo nosotras. Acabaremos haciendo que nos maten. Y eso no traería a Carla de vuelta.

—Acabamos de empezar. Vamos a darle a la policía un empujón.

Sacó dos copas del armario y chasqueó los dedos. Una jarra llena de margarita de fresa se materializó lentamente ante nosotras.

Tanto consumo de alcohol no podía ser bueno. Debilitaba nuestros sentidos y nuestros poderes.

La tía Pearl sirvió dos copas y me pasó una.

—Todos los policías son iguales.

Ignoré tanto la copa como la pullita hacia Tyler. Era la única con el juicio claro y no quería estropearlo con más alcohol.

—No somos nada contra el crimen organizado.

—En todo caso, llamaría a la Operación Rocco crimen desorganizado. Quien haya hecho esto tiene que pagar por ello, no cabe duda. Ni siquiera Jimmy Hoffa tuvo que compartir ataúd. —Los ojos de la tía Pearl se humedecieron cuando se acercó la copa a los labios. La vació de un trago y la dejó en la repisa—. ¿Por dónde empiezo?

Le hice señas para que me siguiera y volvimos al comedor. Miré hacia el exterior. Mamá seguía sentada junto a la piscina. Parecía contenta y relajada, no una mujer con el corazón roto. Aunque, pensándolo bien, llevaba unos días actuando de forma extraña.

—Cuéntamelo rápido, antes de que vuelva mamá.

Las historias de mamá y de la tía Pearl no encajaban, así que o bien una o bien las dos, no estaban diciendo la verdad.

La tía Pearl puso los ojos en blanco.

—Como ya te he dicho, Huesos encontró un modo de entrar en el corazón de Carla, hizo que cayera rendida a sus pies y se casó con ella. Todo eso en tres semanas.

Negué con la cabeza.

—Mamá se va a enterar de todo. Lo dirán en las noticias.

—Sí, se descubrirá el matrimonio secreto de Carla. Al igual que el hecho de que sus propiedades son comunitarias.

—¿Las iba a heredar Huesos en lugar de Rocco? —jadeé—. ¿Quieres decir que mantuvo el casino a su nombre en vez de en corporación? ¿Cómo pudo ser tan…?

—¿Tonta? No lo sé, Cen. El amor hace cometer locuras. Ese Danny es un encandilador. Una no es capaz de comprender el efecto que provoca en las mujeres hasta que lo conoce en persona. Aunque claro, es demasiado tarde para eso. —Sacó una foto de su bolso—. A estos tipos no les gusta hacerse fotos, pero conseguí una de todos en una cita doble. Es de pocos meses antes de que Danny dejara a Ruby por Carla.

Le cogí la foto. Mamá y la tía Pearl estaban en un espectáculo en Las Vegas. Estaban sentadas en una mesa junto a dos hombres. Uno era Manny La Manna, y el otro era Danny Huesos Battilana, sin agujero de bala en la cabeza.

Manny estaba sentado al lado de la tía Pearl, vestido con una camiseta deportiva, mientras que Huesos estaba impecablemente vestido con una americana y una camisa de lino blanco. Sonreía felizmente a la cámara con el brazo pasado por detrás de mamá. Ella se reclinaba sobre él, rezumando amor y felicidad.

Se me aceleró el pulso. A pesar de la negativa de mamá, parecía ser que, después de todo, sí que mantenía una relación romántica con él. Y ambos se veían felices. Pero, a pesar de ello, meses después Huesos se casó con Carla. Después de todo sí que necesitaba el margarita. Levanté la copa y tomé un sorbo.

—¿Qué pensaba Rocco cuando Huesos empezó a salir con su abuela?

—No se alegró mucho por ella. Intentó advertir a Carla, pero ella no escuchó. Pensó que Rocco solo estaba enfadado porque ella saliera con alguien.

—Rocco tenía un motivo para matar a Huesos —dije—. Quería el control.

La tía Pearl asintió.

—Rocco se resistió y eso es lo que desencadenó el tiroteo del vestíbulo. Huesos quería asustar a los empleados del Hotel Babylon y sustituirlos por su propia gente. Así podría controlarlo todo.

—Las cosas no parecieron irle bien a Huesos. Él no estaba en el vestíbulo porque ya estaba muerto. —Fruncí el ceño—. Si ya estaba muerto, ¿por qué el tiroteo?

La tía Pearl se encogió de hombros.

—Sus tipos solo seguían instrucciones.

Pensé en el cadáver.

—Debió haberlas dado mucho antes, porque parecía que llevaba muerto un tiempo. —Me tapé la boca con las manos—. Rocco pudo haber matado a Huesos. Tenía un motivo.

—Cierto.

—No pareces preocupada.

—Me preocupa más quién murió primero, si Huesos o Carla —dijo la tía Pearl—. Si mataron a Huesos para vengar la muerte de Carla, Rocco tiene un problema. Eso significaría Huesos sobrevivió a Carla. Sería él el heredero de Carla, no Rocco. Pero seguro que probarás que no fue así.

—¿Yo?

—Eres buena investigando, y tienes contactos en la policía. Nos librarás de los problemas enseguida.

Fue la única vez que la tía Pearl mencionó al sheriff Gates y no estaba segura de por qué. Trabajaba en Westwick Corners, no en Las Vegas, así que no entendía qué tenía que ver en todo esto.

—No, tía Pearl. Tenemos que salir de aquí. —Bajé el volumen y susurré—: ¿Qué hay de Christophe? Ese tipo me da miedo.

—No seas tonta. Christophe está demasiado ocupado preparando cócteles y aperitivos como para planear asesinatos. Puede ser un verdadero rival para Ruby, pero en el terreno de la hospitalidad.

Me imaginé a Christophe sirviéndonos en Westwick Corners, pero se desvaneció de mi mente instantes después.

—Es ridículo. No me gusta que te codees con todos esos mafiosos. Es peligroso.

—Estás exagerando. Crisco, quiero decir, Christophe, solo está aquí para protegernos, Cen. Manny lo envió para guardarnos las espaldas.

—¿Estás segura? Esta suite está muy protegida y apuesto a que Rocco…

—Rocco no sabe lo que hace. Está demasiado distraído. Además, no he dicho que crea a Manny. Solo me relaciono con él para mantener mi tapadera.

—¿Así que ahora eres una especie de agente secreto?

—Las pillas al vuelo, Cen —dijo la tía Pearl poniendo los ojos en blanco—. Mantén a tus amigos cerca y a tus enemigos aún más cerca.

CAPÍTULO 23

La tía Pearl miró a la nada.

—Ruby no quería que descubrieras la verdad sobre Danny, pero yo puedo contarte un secreto. —Se acercó tanto a mí que pude oler el alcohol de su aliento—. Tenemos que contarle a Ruby la verdad sobre su novio. Le dolerá, pero quizá vea el lado positivo. Huesos se veía con Carla a escondidas, pero solo para aprovecharse de su casino para blanquear dinero.

—No creo que la excusa de blanquear dinero la haga sentir mejor. —Pensé de nuevo en el funeral. Enterarte de que tu novio se ha casado con otra le destrozaría el ánimo a cualquiera—. Aun así, se enfadaría. ¿Por qué tenemos que decírselo? Ya está muerto, así que ya no importa.

—Claro que importa —replicó la tía Pearl—. Volvamos a Carla. No dejó que Danny blanqueara su dinero.

—Lo entiendo —dije—. Carla tendría su propio dinero para blanquear. Aumentar la cantidad podría hacer que la pillaran. —Genial. Empezaba a pensar como una delincuente—. Huesos fue muy inteligente al casarse con Carla. Como esposa, nunca podría testificar en su contra en un juicio.

—Mira dónde lo ha llevado, Cen. Está muerto —resopló la tía Pearl—. Huesos no es el verdadero marido de Carla. Nunca lo fue.

—Pero la boda en Las Vegas…

—Fue una farsa. Carla es, quiero decir, era, una mujer inteligente. —Se le empañaron los ojos y se le rompió la voz—. Sabía exactamente lo que planeaba Huesos. Por eso se le ocurrió de la boda falsa. Huesos creería que estaban casados y eso le concedería a Carla algo de tiempo. Quería evitar una lucha territorial.

—Le salió muy bien la jugada.

—Dejó que Danny la consintiera sabiendo que el quería parte del pastel. Entonces, planeó una boda rápida, con testigos y documentos falsos, pero él creía que era real. Parecía buena idea —dijo la tía Pearl —. Quizá fuera demasiado tarde.

—Huesos, quiero decir, Danny, debió de encontrar un modo de librarse de ella.

La tía Pearl resopló.

—¿Quién sabe? Seguimos sin tener pruebas suficientes como para acusar a alguien. Huesos tenía un motivo, pero su muerte le concede una coartada muy sólida.

—Depende del momento. —Era cierto que el cuerpo de Huesos estaba en peor estado que el de Carla, pero tal vez hubiera una buena razón para ello—. El cuerpo de Carla fue embalsamado, pero supongo que Huesos no recibió los mismos cuidados: su cuerpo fue depositado en el doble fondo del ataúd de Carla.

—¿Y?

—Parece llevar más tiempo muerto, pero puede que solo sea porque su cuerpo no ha sido embalsamado y maquillado, o lo que sea que hagan a los cadáveres en la funeraria.

Miré hacia el exterior, preocupada por haber perdido de vista a mamá. Inhalé aire profundamente, pensando que exageraba. La terraza rodeaba la suite por tres partes, así que estaría en otro lado disfrutando de las vistas.

Me volví hacia la tía Pearl.

—Ojalá le hicieran la autopsia a Carla. El ahogamiento no tiene ningún sentido.

—Eso es fácil de arreglar. Tus deseos son órdenes. —La tía Pearl agitó la mano en el aire miró hacia el techo—. Por fin te involucras, Cen. Mejor tarde que nunca.

Una pila de papeles me cayó encima. Los puse en orden.

—¿Los has hecho aparecer así sin más?

—No seas ridícula. Nunca haría eso.

—Pero el médico forense ha dicho que...

—Sí. La autopsia fue ocultada, como todo lo demás.

Sujeté el informe de la autopsia.

—¿De dónde lo has sacado?

La tía Pearl puso los ojos en blanco.

—Da igual. Tú léetelo mientras yo hago de detective por el casino.

—Nada de jugar, tía Pearl. Ya sabes lo que te pasa.

La impulsividad de la tía Pearl y su problema con el juego era una combinación mortal. Aunque su premio de la lotería fuera real, probablemente se hubiera gastado una fortuna antes de conseguirlo. Las brujas podían hacer aparecer casi cualquier cosa excepto dinero en efectivo. Aunque un billete premiado de la lotería era prácticamente lo mismo que el dinero en efectivo. Crear uno sería falsificación mágica. Suficiente para que la AIAB la privara de sus poderes de por vida.

Mi tía solía cruzar los límites de las reglas, pero nunca pondría en peligro su estatus de bruja, bajo ningún concepto. Por otra parte, los ludópatas tenían que alimentar su adicción, así que quizá escapara de su control.

La tía Pearl se encogió de hombros.

—Qué más da. Lo tomas o lo dejas. Pero no olvides que he ganado la lotería. Puedo permitirme apostar si quiero.

Iba a preguntarle a la tía Pearl por enésima vez cuánto había ganado cuando mamá gritó.

—¡Socorro!

Ambas salimos corriendo y encontramos a mamá sumergida en la piscina hasta la cintura. Tenía el pelo empapado y se le había corrido la máscara de pestañas por las mejillas. De algún modo debió caer al agua.

—¿Cómo has...?

Le tendí la mano.

—No lo sé. Creo que me ha mareado. Lo siguiente que sé es que estaba boca abajo en la piscina.

Mamá habló arrastrando las palabras y le castañeaban los dientes a pesar del calor.

La sacamos de la piscina y la tía Pearl cogió una toalla para envolverla alrededor de sus hombros.

Mamá se tambaleó.

—Ay... creo que me he torcido el tobillo cuando he caído.

El percance en la piscina era una prueba más de que mamá no estaba en su precavido estado normal, aunque no recordaba que hubiera bebido más de una copa o dos en el funeral. Claramente, no era suficiente como para perder el conocimiento, aunque su equilibrio sí que fuera inestable. Por el motivo que fuera, no era ella.

Me estremecí al pensar lo cerca que había estado. Un accidente en la piscina era suficiente. Si es que eso fue lo que pasó.

La tía Pearl y yo acompañamos a mamá hasta el sofá, donde se durmió enseguida. Al menos respiraba con normalidad. Le coloqué un cojín detrás de la cabeza y la tapé con una manta.

Volví a pensar en los resultados de la autopsia de Carla. Era una lectura tediosa, sobre todo porque no controlaba la mayoría de los términos médicos. Aunque una cosa estaba clara. La verdadera causa de la muerte no había sido el ahogamiento.

Según el informe, no había agua en los pulmones de Carla, lo que significa que ya estaba muerta cuando cayó en la piscina. Ojeé el informe hasta que encontré la sección que hablaba de la causa de la muerte. El médico forense había concluido que se trataba de un homicidio provocado por una estrangulación.

Miré a la tía Pearl que estaba poniéndose los zapatos, preparada para ir al casino.

—Espera, ¿has leído esto?

—¿Cómo quieres que lo haya leído? Lo has tenido tú todo el rato. —Volvió al sofá y se sentó a mi lado sobre el posavasos—. ¿Por qué?

—Mira esto. —Señalé el lugar donde indicaba la causa de la muerte

—. Carla fue estrangulada. El accidente de la piscina fue un montaje para que pareciera que se ahogó.

—Ya te he dicho que era una tapadera. No fue ningún accidente.

—Ya sé lo que dijiste, tía Pearl, pero había asumido que los resultados de la autopsia también indicarían que su muerte había sido accidental. —Levanté los papeles—. Esto demuestra que están mintiendo, pero solo la policía, no el médico forense. ¿Cómo y por qué iba la policía a encubrir esto? —pregunté a la tía Pearl en voz baja para no despertar a mamá.

—Los han comprado.

—Puede, pero ¿por qué no habla el médico forense?

La tía Pearl se encogió de hombros.

—También lo han sobornado.

—Si fuera así, el informe de la autopsia concluiría que fue un accidente. Creo que estaría bien hacerle una visita a ese médico forense.

Los ojos de la tía Pearl se abrieron como platos.

—Ella también está en peligro.

Asentí y comprobé el reloj. Ya eran más de las siete.

—Es demasiado tarde. Supongo que tendremos que esperar a mañana.

—Mientras tanto, lo mejor será que protejamos a Rocco —dijo la tía Pearl—. Le pondré un escudo protector para las próximas veinticuatro horas. Solo puede ser quebrantado por otra bruja.

Cuando la tía Pearl tenía un objetivo, era obstinada e imparable, y aquella noche no era diferente.

—Rocco no necesita protección, tía Pearl. Piénsalo. Están cayendo como moscas, pero él sigue sano y salvo. ¿Por qué?

Una vez desvanecido el hechizo de atracción, no podía verlo más claro. O la tía Pearl le había colocado un escudo de teflón, o había algo más.

—Supongo que ha tenido suerte —respondió la tía Pearl esquivando mi mirada—. Pero la suerte no dura para siempre.

—No puede ser solo suerte. Probablemente esté involucrado, al menos en la muerte de Huesos.

—¿Cómo puedes acusar al pobre Rocco? Solo es una víctima más en todo este asunto.

Negó con la cabeza, decepcionada.

—No estás siendo objetiva, tía Pearl. Tus emociones no te dejan pensar con claridad.

La tía Pearl se plantó delante de mí.

—Tengo que cumplir mi promesa, Cen. El último deseo de Carla fue que cuidara de Rocco.

Negué con la cabeza al volver a pensar en Rocco y sus guardaespaldas armados.

—Rocco no te necesita. Es mayorcito para cuidarse solo. Un momento. ¿Acaso eres su…?

—Madrina —completó la tía Pearl—. Cuando resolvamos todo esto y demos con el asesino tenemos que ayudarle a rehacer su vida. Necesitará consejo en su nueva vida como dueño del imperio de la familia Racatelli.

Tenía la esperanza de que se trata más de un hada madrina que de una madrina al más puro estilo de la mafia. La tía Pearl actuando como una *donna* podía ser algo totalmente terrorífico.

—El sindicato del crimen Racatelli no es un negocio cualquiera, tía Pearl. Dudo que Carla quisiera que lo llevaras por ese camino. —Me entristecía que hubiera que hubiera sido necesario que muriera Carla para poder hablar abiertamente de las aventuras ilegales de los Racatelli—. Son gente muy peligrosa.

—No tan peligroso como la venganza de una bruja. Ahí es dónde entras tú. —La tía Pearl juntó las palmas de las manos—. Entretendrás a Rocco mientras yo me ocupo de la magia.

Levanté las manos en señal de protesta.

—Oh, no. No pienso involucrarme en todo esto. Estás llevando lo de ser madrina demasiado lejos.

La tía Pearl me miró desafiante con los brazos en jarras.

—No soy una madrina en el sentido normal de la palabra, Cendrine. Carla me eligió cuando los padres de Rocco fallecieron y él ya era adolescente. Ella sabía que no iba a vivir para siempre. Rocco, como sucesor del imperio, tenía que estar preparado. Supo que yo era la más indicada para esa tarea.

—Tampoco es que tú seas joven —puntualicé.

La tía Pearl tenía más de setenta años, solo era un par de años menos que Carla. Su plan de sucesión parecía una irrespetuosa exageración o una mentira descarada.

Aun así, no se me ocurría nadie más obstinado que mi tía, por lo que en ese aspecto tenía sentido. ¿Pero qué sabía ella del funcionamiento del mundo del crimen organizado? Por lo que yo sabía, nada.

—Creo que entiendes todo lo que supone. Si eres su madrina, ¿no se supone que eres la jefa temporal de la empresa Racatelli?

La tía Pearl asintió.

—Por eso teníamos que venir a Las Vegas. Tenemos que asegurarnos el éxito de Rocco.

—¿Por qué yo? No tengo grandes poderes.

Y lo último que quería era ayudar a un delincuente a aumentar su control sobre el poder. Daba igual que fuera un amigo de la infancia.

—Exactamente. —Esperé a que la tía Pearl se explicara, o al menos me reprendiera, pero no lo hizo—. Mágicos no, pero tienes un gran poder de atracción.

—Poder de atracción... Ah, no, de eso nada. No vas a juntarme con Rocco.

Usarme como señuelo era cuanto menos, insultante. Mis pensamientos volaron al encuentro en el vestíbulo. Aquel torso musculado y sus penetrantes ojos azules...

Maldita sea. ¿Qué diablos me pasaba? Quería a Tyler, no a Rocco. Estaba segura de ello. Y aun así mi magnética atracción hacia Rocco causaba estragos en mis emociones.

—Eres justo el tipo de distracción que Rocco necesita ahora mismo. Además, estarás cerca por su seguridad. Puedes protegerlo si algo va mal.

—¿Cómo qué? —pregunté sintiéndome cada vez más incómoda.

—No lo sé, Cen. —Hizo una pausa para elegir las palabras más adecuadas—. Recuerda que solo una bruja puede romper el escudo protector que le he puesto a Rocco. No eres la mejor bruja, ni de lejos, pero al menos puedes pasar a la acción si es necesario.

—¿Qué tipo de acción?

—No hay tiempo para entrar en detalles. Lo sabrás si es necesario.

—Puede que me niegue.

—No puedes. Lo que está hecho está hecho, Cen. No hay mucho que puedas hacer. Confía en mí.

—¡Me has vuelto a poner un hechizo de atracción!

De nuevo sentía esa extraña atracción hacia mi amigo de la infancia. Si hubiera practicado la magia, podría haber sido capaz de contrarrestar el hechizo de mi tía. Me había usado para su propio interés y al mismo tiempo se había asegurado darme una lección. Todo porque me negaba a practicar la brujería, cosa que me volvía indefensa ante mi poderosa tía.

Tenía que convertirme en mejor bruja, solo para contrarrestar sus manipulaciones. Me había vuelto a engañar.

—Deshaz el hechizo ahora mismo.

—No, cariño. No hasta que no cojamos al asesino de Carla y nos aseguramos de que el imperio Racatelli se queda en manos de Rocco.

—Estoy convencida de que Rocco preferiría que no interfirieras.

Yo tampoco quería que lo hiciera. Las cosas podían ponerse feas enseguida.

—Me da igual. Hay… asuntos de los Rocco aún no está al tanto. Asuntos personales. —La expresión de la tía Pearl era inescrutable—. Carla tenía algunos problemas amorosos.

—Sus problemas desaparecieron con su muerte.

—Eso es lo que piensas, pero…

—Pero ¿qué?

—Carla mantenía una relación con otra persona. Durante un momento de subidón puede que hiciera algo de lo que más tarde se arrepintió.

—¿Otro hombre aparte de Huesos? ¿De dónde sacaba el tiempo?

Carla dirigía una empresa ilegal multimillonaria, evitaba a los mafiosos y salía con varios hombres a la vez. Yo no podría hacer ni una décima parte de lo que ella hacía, y eso que era cincuenta años menor. Comparada con ella, era un fracaso total. Aunque, por otra parte, estaba viva.

—Se organizaba bien.

—¿Y quién es? ¿Otro capo del crimen? —pregunté bromeando.

—No. Manny —dijo la tía Pearl.

—¿Tu Manny?

La tía Pearl asintió.

—Manny y ella se dieron el sí, y esta vez de verdad.

—Pero Manny y tú…

—Es todo un paripé. Sabía que Manny se había casado en secreto con Carla, pero él no sabía que yo lo sabía. De hecho, aún no lo sabe.

—¿Estás celosa?

La tía Pearl se encogió de hombros.

—La verdad es que no. Solo quería pasar el rato. Sin compromisos.

Me tapé las orejas, no quería saber más detalles. Las imágenes venían a mi mente sin que pudiera hacer nada para evitarlo.

—¿Por qué estaba Carla empeñada en casarse de nuevo? Llevaba décadas soltera.

—¿Crees que los jóvenes sois los únicos que disfrutáis de un poco de romance? Carla era una mujer madura, pero no era demasiado vieja para divertirse de vez en cuando. —La tía Pearl suspiró—. Ese es el problema. Fue un arrebato de pasión y olvidó firmar un contrato prematrimonial. Así que su muerte quiere decir que todo va a parar a Manny La Manna. Incluyendo este hotel.

El juguetito de Carla de golpe era mucho más rico.

—Manny debió matarla.

—Tal vez. Sinceramente, no sé qué pensar —dijo—. Aunque es capaz de hacerlo. Puede que le valieran la pena los cincuenta millones. Además, controla todas las propiedades de los Racatelli… —Los ojos de la tía Pearl se anegaron en lágrimas—. Carla detestaría ver todo esto.

—Llamemos a la policía y que se encarguen ellos. Háblales de tus sospechas.

La tía Pearl negó con la cabeza insistentemente.

—Nada de eso. No podemos involucrarlos porque Carla tiene

muchos negocios ilegales. Tampoco podemos decírselo a Ruby. Ve con malos ojos el mundo en el que se mueven los Racatelli.

—Claro que tenemos que decírselo.

Dudaba que mamá ignorara el tipo de trabajo de Carla. Solo que era demasiado educada como para hablar de ello.

De una cosa estaba segura, y es de que la tía Pearl corría más riesgos de los que era consciente.

La muerte de Carla no solo cambiaba el futuro de Rocco y el de Manny. También influía en la relación de la tía Peal con Manny. Y en el hecho de que Christophe operara desde nuestra suite.

CAPÍTULO 24

La tía Pearl y yo nos sentamos en el sofá mientras mamá dormía plácidamente al otro extremo. Wilt estaba sentada a pocos metros de la mesa. Estaba inclinado, con la cabeza apoyada en las manos, alicaído. Si pudiera haría un hechizo de retroceso para hacerlo sentir mejor. Pero eso no solucionaría nada. Jimmy volvería de todos modos a recuperar lo que le había ganado jugando al póker.

Christophe había vuelto a la suite solo unos minutos antes, como si la escena del funeral no hubiera ocurrido. Fue directo a la cocina, lo que me parecía bien.

Tras cinco minutos escarbando por los armarios y sacando platos, reapareció con una bandeja de aperitivos y la depositó sobre la mesa de centro ante nosotras.

—¿Alguien tiene hambre?

No se me daban bien las conversaciones casuales, pero charlar con uno de los secuaces de Manny La Manna me incomodaba. Me preocupada decir algo inadecuado, así que le di las gracias entre dientes y cogí un trozo de queso.

—¿Qué hora es? —Mamá se incorporó hasta sentarse y echó un vistazo a la suite. Se puso en pie olvidando el tobillo torcido. Cayó rápidamente sobre el sofá con una mueca de dolor en el rostro—. Ojalá pudiera volver a la piscina. Es tan relajante.

—No creo que sea buena idea, mamá.

—Yo me encargo —se ofreció Christophe. Levantó a mamá en brazos como el héroe de una novela romántica y la llevó hasta un cómodo sillón junto a la ventada. La sentó con cuidado y le tendió una toalla blanca—. Puede admirar las vistas desde aquí.

Mamá rio nerviosa, encantada ante las atenciones de Christophe. Creo que estoy bien, solo un poco dolorida por la caída.

Los hoyuelos de Christophe se hundieron más cuando sonrió. Se comportaba como si no hubiera ocurrido nada fuera de lo normal.

—¿Puedo ofrecerles una bebida, señoritas? Deben de estar cansadas después del funeral.

Le guiñó un ojo a mamá.

—¿Por qué no?

Seguí a la tía Pearl hasta el sofá, hablando en voz baja.

—¿Por qué sigue actuando como si fuera un mayordomo? Sabe que lo vimos con Manny.

—¡Chst! —La tía Pearl se llevó un dedo a los labios.

Christophe nos ignoró y mantuvo la vista fija en mamá.

—Le he traído hielo para el tobillo.

—Un cosmopolitan para mí, Chris. —La tía Pearl llamó a Christophe cuando se dirigía a la cocina—. Para Ruby un vino blanco.

Mamá permaneció en silencio, así que asumí que le parecía bien.

—Yo solo quiero un poco de agua. No son ni las cinco —protesté.

—Los horarios son distintos en Las Vegas, Cen. Es la ciudad que nunca duerme, y tú tampoco deberías hacerlo. Desmelénate por una vez para variar. —La tía Pearl se pasó la mano por el pelo grisáceo—. Compórtate como una persona de tu edad por una vez.

Christophe despareció por una esquina y volvió a salir segundos después con una enorme bandeja con bebidas frías y varios platos de queso, tartaletas saladas y galletitas. Me tendió una copa de vino blanco bien frío.

—Me he tomado la libertad de elegir un maravilloso Chardonnay del Valle de Sonoma para usted, Cendrine. Ya que Pearl y Ruby van a tomar alcohol, he pensado que le vendría bien a usted también.

Mi voluntad flaqueó. Acepté el vino y tome un sorbo. El Chardonnay tenía un sabor delicado y me abrió el apetito. Mordí un trozo de queso y me invadió el agotamiento. Estaba demasiado cansada para preocuparme por nada. Habíamos conducido toda la noche y al llegar nos habíamos encontrado con un tiroteo, con mafiosos, ludópatas y asesinatos. Llevaba veinticuatro horas sin dormir, y ya no tenía fuerzas para protestar ante los planes de la tía Pearl ni para tener un ojo puesto en Christophe.

—Eres rápido como el rayo, Chris. —La tía Pearl vació su copa de Cosmopolitan de un trago y la dejó sobre la mesa—. ¿Eres mágico o algo?

Me atraganté con la bebida, manchándome entera de Chardonnay. Me recuperé y fulminé con la mirada a mi tía, molesta por su referencia a los sobrenatural.

Si Christophe se ofendió, no dio muestras de ello.

—Es secreto profesional. También puedo reservarles sitio para la cena, si lo desean.

Se quedó de pie esperando instrucciones. Puede que después de todo no fuera un mafioso.

—Lo deseo, Chris. ¡Gracias! —La tía Pearl se puso en pie de un salto—. Aunque creo que nos quedaremos a cenar aquí. Sorpréndenos.

—De acuerdo. Voy a salir a por unas cositas para la cena.

Christophe fue hacia el pasillo. Las suelas de goma de sus zapatos chirriaban al rozar contra el suelo de mármol.

Esperé a que se cerrara el ascensor antes de dirigirme a mi tía.

—Si de verdad trabaja para Manny, no queremos que vuelva.

Mamá se terminó el vino y se envolvió en el albornoz blanco, ignorando nuestra discusión.

—Cerraremos la puerta con pestillo. —La tía Pearl negó lentamente con la cabeza—. Sé un modo de evitar que vuelva.

—¿Cuál? Lo haré. ¿Cómo?

La tía Pearl sonrió.

—Un hechizo protector alrededor de todo el perímetro. ¿Ese lo has practicado? ¿O has estado demasiado ocupada con otras cosas?

Sabía perfectamente que no lo había practicado y pensaba hacerme pagar por mi transgresión. Otra vez.

—¿No puedes...?

—No, Cen. Tienes que aprender a valerte por ti misma.

—Es una situación muy grave. ¿No puedes hacer una excepción? Solo por esta vez.

—¿Qué mejor forma de aprender? Al menos ahora tienes una motivación.

Suspiré.

—Tu amor y tu mano dura nos meten en toda clase de problemas. Hazlo aunque sea por mamá.

—Te preocupas demasiado, Cen. Disfruta de la suite, porque lo más probable es que nunca vuelvas a alojarte en un sitio tan bonito.

—Podríamos quedarnos en la caravana —sugerí.

—¿Te sentirías más segura dentro de esa lata en un aparcamiento? No me parece lo más sensato cuando tienes a la mafia detrás de ti.

Tenía parte de razón, y era demasiado tarde para hacer cualquier cambio respecto a la habitación.

—Pasemos la noche aquí. Nos quedaremos dentro y mañana ya veremos.

—No pienso quedarme aquí. Estamos en Las Vegas, nena. Voy abajo al casino. ¿Quieres venir?

Negué con la cabeza y vi que la tía Pearl ya había desaparecido por la escalera de caracol que llevaba a los dormitorios.

Quizá la tía Pearl tenía razón al ver la parte buena de una mala situación, pero lo único que me apetecía era acostarme. La misión de la tía Pearl ya no me parecía tan importante.

Una vez celebrado el funeral, no podían pasar muchas cosas antes de que nos marcháramos al día siguiente. ¿Qué podría ir mal?

Me acabé el vino y miré a mamá que se había vuelto a dormir. Roncaba suavemente en el sillón. Me acerqué sigilosamente, le quité la copa vacía de la mano y la dejé en la mesa. Le puse el pie torcido en alto sobre los cojines y sentí que los párpados me pesaban.

El estado de mamá y falta de práctica con los poderes mágicos nos dejaba indefensas, y la tía Pearl era consciente de ello. Sin embargo, no nos dejaría solas si corriéramos peligro de verdad. A pesar de todos los problemas que causaba, era leal y protectora.

Pero quizá la tía Pearl tuviera razón. Si iba a acabar abandonada, había lugares mucho peores que estar encerrada en una suite tan lujosa. Fue mi último pensamiento antes de que me venciera el sueño.

CAPÍTULO 25

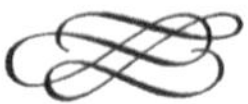

Me desperté en el sofá, desorientada. A juzgar por la tenue luz del exterior, estaba anocheciendo. Debí de haberme dormido.

Miré en dirección al sol.

Pum.

Pum, pum, pum.

No recordaba haberme dormido, pero supuse que sí que lo había hecho, ya que me sentía totalmente fuera de juego. Tenía un dolor de cabeza punzante, aunque solo recordaba haber tomado unos sorbos de vino. La combinación de alcohol, deshidratación y exceso de sol en el funeral había hecho mella en mí.

Todavía tenía la llave de la suite en la mano y entré en pánico al darme cuenta de que no había llamado a Tyler desde el funeral. Todo era por aquel estúpido hechizo de Rocco. No podía pensar con claridad la mitad del tiempo, y la otra mitad la pasaba pendiente de la tía Pearl.

Otra promesa rota.

Pum, pum.

Cualquier posibilidad que podía haber tenido con el hombre que había deseado durante meses se habría esfumado con toda probabilidad. Todo por culpa de las intromisiones de mi tía y su falso secuestro.

Estaba convencida de que sabía lo nuestro. Habría hecho cualquier cosa para apartarlo de mí, y eso incluía sabotear nuestra reciente relación de todas las formas que pudiera. El asunto de los Racatelli no era más que una oportuna excusa.

Pum, pum.

La tía Pearl no tenía nada personal contra Tyler. Solo estaba molesta porque había encontrado un rival. Era el único sheriff al que no podía echar de la ciudad. Probablemente me hubiera secuestrado para acabar con cualquier oportunidad de romance.

Pum.

Mis ojos se ajustaron al nivel de oscuridad y miré en la dirección de la que provenía el ruido. Mi mirada se movió hasta la escalera de caracol y se posó en un par de zapatos de tacón pegados a dos tonificadas piernas.

—¡Eh! ¿Cómo estoy?

La voz de la tía Pearl resonó desde lo alto cuando su mano, con una perfecta manicura, se posó sobre el pasamanos de la escalera de caracol. Desde el sofá de la planta de abajo solo veía la mitad inferior de un vestido de noche de lentejuelas rojo pasión brillando bajo las luces halógenas.

Me levanté de golpe y maldije por lo bajo al contemplar la escena. La despreocupación que había sentido un rato antes había desaparecido. Aquella no era la tía Pearl. Era Carolyn Conroe.

—No puedes convertirte en Carolyn aquí.

Carolyn Conroe era el alter ego de la tía Pearl, una versión mágica de Marilyn Monroe en la que mi tía se transformaba cuando quería divertirse. Carolyn era aún más imprudente que la tía Pearl, tenía un lado malicioso e impredecible. Pensar en Carolyn sin supervisión en Las Vegas me aterrorizaba.

—¿Por qué no? A Carolyn le gusta Las Vegas aún más que a mí.

Una raja hasta el muslo dejaba ver las piernas tonificadas de la tía Pearl —bueno, de Carolyn— mientras bajaba las escaleras lenta y rígidamente con unos tacones de vértigo.

La juventud de Carolyn era solo aparente, por dentro aún eran las piernas con artritis de la tía Pearl. Ni siquiera la brujería podía cambiar la esencia.

—Lo que pasa en Las Vegas se queda en Las Vegas. —Se detuvo a pocos escalones del final y me guiñó un ojo—. Proyecto Vegas Vendetta, fase dos.

—¿Y qué hay de Christophe? No puedes hacer travesuras con él por aquí. No puede descubrir que somos brujas.

No sabía cuándo tenía pensado volver. Como habíamos llegado por la mañana, no tenía ni idea de si vivía allí o si se marchaba al final de la jornada de trabajo.

La tía Pearl negó con la cabeza cuando terminó de bajar la escalera.

—¿Qué más da? Cuando acabe este fin de semana no nos volveremos a ver nunca. Si ve a Carolyn dile que es amiga tuya.

Como si tuviera elección.

—¿Y Wilt?

—Wilt está tan ocupado apostando que no se dará cuenta de nada. Deja de preocuparte por los demás, Cen.

Carolyn cogió el bolso de mano plateado de la mesa de café y lo abrió de golpe mientras se dirigía a la puerta y se aplicó un pintalabios carmesí.

—Tengo que darme prisa.

La alegría de la tía Pearl parecía fuera de lugar teniendo en cuenta que acababa de enterrar a una amiga. Miré hacia el sofá donde mamá seguía durmiendo ajena a nuestra conversación.

—Veo que llevas muy bien el luto.

—A Carla le habría gustado mi disfraz —dijo—. No te preocupes, cuando sea Pearl estaré de luto, pero primero tengo que despejarme en el casino.

—Vuelve a transformarte antes de que alguien te vea.

Me dolía la cabeza como si tuviera resaca. Miré mi copa de margarita medio vacía sobre la mesa. Christophe no era el único que añadía alcohol a las bebidas. Sospechaba que la tía Pearl le había echado algo a mi margarita.

—A las chicas les gusta divertirse, Cen. No seas tan deprimente. Ven conmigo.

La cabeza me dio vueltas al levantarme. La tía Pearl no parecía nada afectada pese a haber bebido mucho más que yo. Señalé a mamá en el sillón.

—No puedo dejar a mamá así. Lo que bebió en el funeral le subió mucho.

Carolyn me ignoró y cojeó hasta la puerta sobre sus tacones de diez centímetros.

—¿Tía Pearl? —me levanté del sofá y fui hasta ella—. ¿Cuánto tiempo estarás fuera?

—Según lo que pase abajo.

—¿Y si vuelve Christophe?

Puso los ojos en blanco.

—No lo sé. Dile que os prepare unas bebidas, que haga la cena, o lo que sea. Solo mantenlo ocupado.

—No puedes dejarnos aquí. Me has engañado para que venga con excusas falsas. Ya me he perdido una entrevista de trabajo y una cita. No voy a seguir una vez más tus locuras.

—Lo único que hemos hecho ha sido asistir a un funeral. Admito que no todos los días a alguien se le cae un ataúd, pero creía que las cosas iban bien.

—No cambies de tema —refunfuñé—. Lo has hecho a propósito para estropear mi oportunidad de conseguir un trabajo normal y salir con Tyler.

Sabía que lo que sabía, así que lo solté.

—Oh, Cendrine. No te quejes. Deja de obsesionarte con ese hombre. No vale la pena. —Puso los brazos en jarra—. ¿Por qué te has molestado en venir aquí?

—Me secuestraste, ¿recuerdas?

Carolyn parpadeó con sus pestañas postizas.

—Estás exagerando. No eres el centro del mundo.

Me quedé boquiabierta.

—¿Yo? Tú eres la reina del drama.

—Tienes razón. Lo soy. —Sonrió con superioridad—. Quizá sea

mejor que vuelvas a Westwick Corners, después de todo. Ya hablaremos cuando vuelva.

—¿Me ayudarás con tu magia?

La llama de la esperanza se encendió en mí. Con un poco de ayuda mágica de la tía Pearl podía teletransportarme de vuelta a casa en unos minutos. Podría dormir en mi casa esa misma noche.

—¿Por qué no empiezas a practicar y ya veremos que hacemos cuando vuelva?

—¿No podemos hacerlo ahora?

Carolyn miró su reloj de pulsera.

—Lo siento, no tengo tiempo. Puede que más tarde. Tengo que ocuparme de unas cosas antes de que sea demasiado tarde.

Mis hombros se hundieron por la decepción mientras la veía marcharse. Volví al comedor pensando que, en el peor de los casos, podía coger un vuelo de vuelta. Tal vez no esa noche, pero sí la mañana siguiente. Cogería prestada la tarjeta de crédito de mamá y se lo devolvería más tarde. Podía estar en casa en unas horas.

Me alegró ver que el portátil de mamá estaba sobre la mesa y lo abrí. Mis esperanzas se desvanecieron cuando descubrí que no había Internet en la suite. Probablemente estuviera relacionado con la regla de prohibición de móviles. Tenía que haber conexión en el vestíbulo. Quizás un agente de viajes que me reservara un vuelo.

Mamá roncaba tranquilamente en el sillón, con el tobillo herido descansando sobre los cojines. Parecía una lástima tener que despertarla, pero tampoco quería dejarla sola.

Me animé al recordar que tendría el mayordomo a su disposición. Christophe volvería pronto y la atendería durante el breve espacio de tiempo que yo estuviera fuera. Trabajara para Manny o no, parecía tratarnos bien, sobre todo a mamá.

Excepto por sus cócteles mortales, recordé.

No me gustaba la idea de dejar a mamá, pero dejar a la tía Pearl ir por libre parecía aún peor.

Escribí una nota y la dejé en la mesa de café por si se despertaba mamá y bajé al casino.

CAPÍTULO 26

No llegué muy lejos porque me encontré a Rocco en el bar. Estaba en la misma mesa que antes. Apoyaba la espalda en la pared, lo que le daba una vista clara de quién entraba y salía del vestíbulo. Eso me incluía a mí. Me hizo señas para que me acercara.

Se me aceleró el pulso cuando nuestros ojos se encontraron. Con o sin hechizo, mi atracción hacía él era abrumadora. A juzgar por su mirada parecía mutuo. A pesar de saber que se trataba de un hechizo de la tía Pearl, no podía luchar contra él.

—Cen, tenemos que hablar.

Me indicó que me sentara.

Tomé asiento y vi que los dos matones seguían en la mesa de al lado. Tuve una sensación de *déjà vu,* y pensándolo bien, tenía sentido. Como propietario del hotel, Rocco tenía una mesa permanentemente reservada.

Rocco se terminó la bebida y se acercó aún más.

—La muerte de la abuela no fue ningún accidente. Tenía muchos enemigos, gente con poder suficiente para detener una investigación. El problema es que han sobornado a la policía.

Era irónico denunciar la corrupción de la policía.

—¿Quién?

—El tío Manny. Creo que está detrás de la muerte de la abuela. —Los ojos de Rocco tenían un brillo melancólico—. No es pariente de sangre, pero antes de que estallara la trifulca, nuestras familias eran muy amigas. Todo cambió cuando la ambición del tío Manny creció. Creó una grieta entre nuestras familias. Una cosa era luchar por un territorio, pero nunca esperé que fuera capaz de matar por ello.

Por lo que sabía, era exactamente lo que hacían las familias de la mafia. Rocco estaba cegado. No sabía en que tipo de delitos estaban metidos los Racatelli ni quería saberlo. Pero me gustara o no, la tía Pearl ya me había involucrado.

—Carla conocía los riesgos de participar en actividades ilegales.

Rocco asintió.

—Sí, pero solo quería hacer algo de dinero para poder jubilarse cómodamente. Para ella y para mí, ya que yo también era parte del negocio familiar. La abuela intentó sellar un trato con Manny para hacerlo de manera legal. Pero él quería más. Solo hay un modo de salir del mundo de la mafia: en un ataúd.

Rocco no mencionó nada de la boda secreta de Manny y Carla, así que no estaba segura de si estaba al tanto. Si no lo estaba, no quería ser yo quien se lo revelara.

—¿Crees que Manny es el responsable de la muerte de Carla? —Las circunstancias que envolvían su muerte eran sospechosas, pero no apuntaban necesariamente a Manny—. ¿Tiene coartada?

—Dice que estaba en el casino, pero he comprobado las cámaras de vigilancia y no hay señales de él. Aún así tiene muchos testigos a afirman haberlo visto en una partida de póquer. Según los videos, mienten descaradamente.

—¿Se lo has dicho a la policía?

—Claro, pero no han hecho caso. Siguen pensando que fue un accidente, así que no se molestan ni en investigar.

De repente me acordé del informe forense que había dejado sobre la mesa. ¿Y si volvía Christophe y lo descubría?

Me levanté.

—Me he acordado de una cosa. Rocco, tengo que irme.

—No, espera. —Me cogió por la muñeca, pero me la soltó tan

rápido como la había cogido—. Creo que puedo hacer que reabran el caso.

—Eso es genial —dije apartándome.

—Sí y no. Si investigan y tienen que acusar a alguien del asesinato, me arrestarán a mí en lugar de a Manny. No tengo coartada y salgo ganando con la muerte de la abuela. Soy el único heredero.

Negué con la cabeza. Pobre Rocco, era cierto que no sabía nada.

—No es motivo suficiente. Necesitan algo contra ti.

—Al parecer sí que tienen algo, o al menos un motivo.

—¿Tú? Pero, ¿por qué...?

—Dicen que estaba cansado de esperar a que la abuela se jubilara. No es solo eso, sino que me beneficio de su fallecimiento. Es cierto, lo heredo todo, pero ella ya lo compartía conmigo. No conozco el negocio como ella, y lo último que quería —incluso desde una perspectiva comercial— era que muriera. No puedo dirigir el negocio tan bien como lo hacía ella ni de lejos. Pero puede que con tu ayuda... —se le rompió la voz.

—Lo siento, Rocco. No entiendo cómo podría ayudarte. Necesitas un abogado, una periodista de pueblo.

Una periodista de pueblo desempleada.

—No, Cen, espera. Mira, conozco el secreto de tu familia, al igual que tú conoces el mío. Eres la única que puede ayudarme. Si no puedo acabar con la corrupción, necesito que la expongas. Es el tipo de ayuda que puedes darme, como bruja.

Me sorprendió que Rocco conociera el secreto de la familia West.

—Ningún hechizo puede traer de vuelta a Carla, Rocco.

—Ya lo sé, pero quizás puedas ayudarme de otro modo, involucrando a la policía.

—¿Qué te hace pensar que puedo hacer eso?

—Pearl hizo una vez un hechizo de retroceso conmigo. Como un favor cuando perdí una gran cantidad de dinero que no era mío. Me salvó la vida aquel día.

La tía Pearl rompiendo las reglas, como de costumbre.

—Entonces, ¿por qué no le pides ayuda a la tía Pearl?

—No puedo —dijo Rocco—, aún está muy afectada por lo de la

abuela. No quiero revelarle la verdadera causa de la muerte. Sea cual sea.

Me volví para buscar cualquier indicio de Carolyn Conroe, pero no veía por ninguna parte el alter ego de la tía Pearl. En parte era bueno, ya que no era la amiga triste que Rocco pensaba.

—Me gustaría ayudar, pero la verdad es que no soy una bruja muy buena, sobre todo en hechizos de retroceso. Es magia avanzada.

Técnicamente, podía hacer el hechizo, pero había muchas cosas que podían salir mal. No parecía una buena idea mezclar magia y mafia. La verdad es que me aterrorizaba. Si lo hacía bien Rocco me pediría más favores. Si fallaba, ¿qué consecuencias podría haber?

—Confío en ti, Cen. De hecho, eres la única persona en la que puedo confiar ahora.

CAPÍTULO 27

Salí del bar tras convencer a Rocco de que llamara primero a un abogado y luego le hiciera una visita al médico forense.

Quizá pudiera sacarle la verdad a él. Esperé que pudiera destapar toda la verdad solo, sin tener que llegar a medidas desesperadas. Ojalá pudiera conseguir una copia del informe forense de un modo legítimo. Eso nos ayudaría a ambos. Valía la pena intentarlo.

Si no obtenía respuestas podía pedir una exhumación del cuerpo de Carla y una segunda autopsia, pero era algo que no quería ni pensar en aquel momento.

El diagnóstico de muerte por ahogamiento era un poco polémico. Pensé de nuevo en el truco del ataúd. Además de la ausencia de agua en los pulmones de Carla, su expresión era serena. Las víctimas de ahogamiento no mostraban esa calma. Su expresión facial mostraba terror y desesperación congelados en su último momento, cuando se daban cuenta de que habían perdido la última batalla de su vida.

De repente me invadió la tristeza. Hiciera lo que hiciera Carla en vida, no podía ser tan malo como para merecer ese final. También me sentía mal por la tía Pearl, había perdido a una amiga de toda la vida, aunque no expresaba su pena de la manera más adecuada.

Y luego estaban mis extraños sentimientos hacia Rocco. Nunca me había sentido atraída por él, pero aún así me sorprendía pensando en él todo el tiempo. De hecho, pensaba en él casi tanto como en Tyler.

Tyler.

Me había advertido de que era mejor no involucrarse, y tenía razón. Debería volver a nuestra lujosa suite y vigilar a mamá hasta que despertara. La promesa de la tía Pearl de volverme a casa seguramente vendría con condiciones, pero de momento, era mi única opción viable.

Caminé aturdida, intentando decidir entre seguir a la tía Pearl y sacarla de todos los embrollos en los que se metiera o volver a nuestra suite. Tenía el corazón dividido. Pronto me vi a pocos metros de los ascensores del vestíbulo, donde había una multitud reunida.

Estiré el cuello para ver mejor el motivo de interés. Los silbidos y murmullos de emoción de la multitud me hicieron pensar que había una estrella de rock o un actor famoso entre nosotros. Me preguntaba quién actuaría en el espectáculo nocturno aquel día.

El brillo de lentejuelas rojas y una melena rubia me llamaron la atención y tuve un mal presentimiento.

Mis temores se hicieron realidad cuando vi a la tía Pearl —o a su alter ego Carolyn Conroe— entre la multitud. Jugueteaba con un collar de diamantes entre los dedos mientras cantaba *Diamonds are a girl's best friend* con voz sensual.

—¿Quién es? —Una adolescente me tendió su teléfono y se señaló a sí misma y a su madre—. ¿Nos haces una foto?

Genial. La tía Pearl no solo se había transformado en Carolyn Conroe, sino que alardeaba de ello, fingiendo ser una celebridad. Saqué un par de fotos de la niña y su madre a ambos lados de una sonriente Carolyn antes de devolverle el teléfono.

Miré a Carolyn, molesta por ver su club de fans y toda la lástima que sentía se desvaneció. Parecía ignorar los eventos que nos rodeaban. En vez de eso, parecía estar pasándolo muy bien.

Carolyn guiñaba el ojo descaradamente.

La cogí del brazo y la arrastré fuera de la multitud.

—Tenemos que hablar.

—¿Tú nunca te diviertes? —Carolyn maldijo por lo bajo—. Lo que pasa en Las Vegas se queda en Las Vegas. Ya lo sabes.

Hice caso omiso de su comentario y le apreté más el brazo.

—Volvemos arriba, ¡ya!

—Cen, espera. No podemos irnos sin Wilt. Creo que está en problemas.

Carolyn hizo pucheros. Su expresión parecía verdadera, aunque la conocía lo suficiente como para no creerla. Siempre me engañaba.

—Ya es mayorcito. Puede valerse por sí solo.

Parecía inapropiado que mi tía, que supuestamente estaba de luto, se transformara tan a ligera en Carolyn Conroe y atrajera tantas atenciones indeseadas.

Carolyn negó con la cabeza.

—No. Es jugador compulsivo. Nunca debí traerlo.

—Hay muchas cosas que nunca debiste hacer —la regañé—. Como tráeme a mí contra mi voluntad.

Una ligera sonrisa se dibujó en sus labios.

—Tienes que divertirte un poco. Deja que encuentre a Wilt primero. Después volveremos arriba.

MINUTOS DESPUÉS ENCONTRAMOS a Wilt en una mesa de póquer de altas apuestas. Incluso a seis metros de distancia era evidente que tenía problemas. Su rostro, normalmente pálido, estaba totalmente rojo y sudaba en exceso.

—Eso no es exactamente poner cara de póquer, ¿verdad?

—No importa. Solo necesita una buena mano. Métete en tus propios asuntos y deja que Wilt se divierta.

La diversión no se parecía en nada a lo que estaba experimentando Wilt, aunque su rostro se iluminó cuando vio a Carolyn. Sospeché inmediatamente.

—Estabas ayudando a Wilt, ¿verdad?

—Puede que un poco. —Carolyn enseñó una brillante sonrisa y un trozo de muslo a los otros tres hombres de la mesa de Wilt. Ellos le devolvieron una mirada lasciva—. Solo los distraigo un poco. No podía dejar pasar esta oportunidad.

—Sabes que eso no está bien, tía Pearl. —Negué—. Va contra las normas de la AIAB usar la magia para obtener dinero.

Las normas eran particularmente estrictas en lo que respectaba a enriquecimiento personal. Hacer aparecer dinero estaba estrictamente prohibido. No sabía si había leyes específicas para las apuestas, pero estaba bastante segura de que serían parecidas. La tía Pearl no estaba imprimiendo cheques, pero lo que hacía se le parecía mucho.

Mi tía puso los ojos en blanco.

—Conozco las reglas, Cen. ¿Quién ha dicho nada de magia? No la necesito. Es simple aritmética.

—¿Has contado las cartas?

Probablemente el casino tuviera cámaras de seguridad por todas partes. Conociendo a mi tía, seguro que lo había hecho abiertamente.

—Algo así.

Carolyn se acercó aún más a la mesa y llamó la atención de un hombre grueso. El brazalete de oro que llevaba se le clavaba en la muñeca mientras se abanicaba con las cartas. Parecía una caricatura morena de un mafioso de película. Su expresión de suficiencia podía ser un farol o la suerte de tener una buena mano con la que ganar a Wilt. Descansaba la otra mano sobre el muslo, cerca de su arma.

—Es divertido vencer a uno de estos listillos. Se creen más listos que nadie. Deberías probarlo alguna vez.

Carolyn se echó el pelo hacia detrás con una exagerada floritura y se pavoneó alrededor de la mesa.

Contar las cartas ya era malo, pero mirar la mano del contrincante de Wilt eran trampas de las gordas. Cogí a Carolyn del brazo y la arrastré a unos metros más atrás de donde estaba Wilt.

—No será divertido por mucho más tiempo. Wilt no puede permitirse apostar así con un trabajo remunerado con el salario mínimo. —Nuestras miradas se cruzaron cuando empujó una pila de fichas de cincuenta dólares al centro de la mesa. Añadí en voz baja: —Tiene serios problemas.

Sabía muy poco de póquer, pero aún así me di cuenta de que su mano era horrible. No tenía figuras, ni tampoco ninguna pareja de números bajos. Era un mentiroso horrible y no tenía ninguna posibilidad de ganar. Ya se tratara de su propio dinero o del premio de la tía Pearl, no duraría mucho.

Carolyn me ignoró.

Me acerqué más a la mesa.

—Wilt, acaba esta mano y nos vamos.

Se giró durante un segundo, el tiempo justo para mirarme mal.

—Déjame. Me estás desconcentrando.

La tía Pearl, todavía con el aspecto de Carolyn Conroe, susurró:

—Ya lo has oído. Ocúpate de lo tuyo, Cendrine.

Apreté la mandíbula.

—Céntrate, tía Pearl. Recuerda para qué estamos aquí.

—¿Os conocéis? —preguntó Wilt arqueando las cejas.

Asentí, molesta por tener que encubrir la doble identidad de la tía Pearl.

—El mundo es un pañuelo.

Wilt se volvió a concentrar en la mesa y en su terrible mano.

—Más de lo que crees.

Aunque me sentía aliviada porque Wilt no tuviera ni idea de que Carolyn era en realidad la tía Pearl —y una bruja—, su forma de engañar a la gente me irritaba. Wilt se sentía atraído por el alter ego de la tía Pearl, y Carolyn le daba a entender que el sentimiento era mutuo.

Me volví hacia Carolyn.

—Hago esto por tu propio bien, tía Pearl.

—Chst. No me llames así.

—Has dicho que tiene problemas de ludopatía.

—¿Ah sí? No lo recuerdo.

—Tú eres quien más debería saberlo.

Contuve el aliento mientras los demás jugadores igualaban y aumentaban la apuesta de Wilt. Era inútil discutir. Solo prolongaría lo inevitable.

Carolyn se colocó detrás de Wilt y le puso una mano en el hombro.

Wilt se volvió hacia ella y le sonrió, claramente enamorado.

Parecía incluso presumir de ella, lo que hacía su jugada aún más temeraria. Era evidente que Wilt nunca había recibido mucho interés por parte de las mujeres, menos aún de una tan espectacular como Carolyn. Su mirada alternaba entre Carolyn y sus envidiosos oponentes.

Carolyn había captado la atención de los otros tres hombres de la mesa que la miraban con deseo.

—Voy.

Uno de los oponentes dejó sus cartas y sonrió.

Full House, tres ases y una pareja de dieces.

Cogí a Carolyn del brazo.

—Van a desplumar a Wilt. Páralo ya.

No podía seguir viendo a cámara lenta el desastre que estaba a punto de ocurrir ante mis ojos.

—¿Quieres que lo detenga ahora antes de que tenga la oportunidad de recuperar el dinero?

Parpadeó con sus pestañas postizas y puso cara de inocencia.

—Sabes que sí.

Se encogió de hombros, captó la atención del crupier y le guiñó el ojo.

Él le sonrió encandilado.

Antes de que pudiera decir nada, todos los de la mesa estaban embelesados. Literalmente.

Carolyn Conroe había usado un hechizo de retroceso. Una décima de segundo después, la misma escena volvió a ocurrir ante nuestros ojos. Solo que, aquella vez, Wilt tenía un par de ases.

—¡Tía Pearl! —La cogí del brazo—. Eso es aún peor que contar las cartas. Vuelve a dejarlo todo como estaba.

—Nada de eso, querida. No te quejabas hace un rato cuando me has suplicado que te ayudara con un hechizo.

—Pero era solo un hechizo para volver a casa. No iba a causarle una ruina financiera a nadie.

—Si juegan se arriesgan a perder.

Me crucé de brazos.

—Esto no está bien. Vuelve a dejarlo todo como antes o se lo diré a la AIAB. Ya conoces las reglas.

Hacer trampas conllevaba una expulsión de por vida. Ninguna bruja respetable se arriesgaría a perder sus poderes.

—¿Traicionarías a tu propia tía? —Carolyn se cruzó de brazos y dio un respingo—. ¿Por qué? Esto no es hacer trampas, Cen. Solo he vuelto a Wilt a un momento temporal anterior. Ha decidido por sí solo las dos veces.

—Pero esta vez no ha decidido lo mismo —protesté—. No le han repartido las mismas cartas.

—Ha sido el azar.

—No puedes rebobinar la vida una y otra vez hasta conseguir los resultados que quieres —dije—. La vida no funciona así.

—Te equivocas, Cen. Así es exactamente como funciona la vida.

CAPÍTULO 28

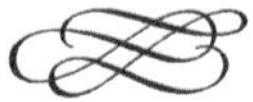

Wilt se levantó de la mesa y recogió sus fichas. Se dirigió hacia la salida del casino, al vestíbulo del hotel. La tía Pearl y yo lo seguimos. Sentía una gran cantidad de ojos puestos sobre nosotras. Mejor dicho, sobre Carolyn, que enseñaba muslo y canalillo a cada paso. Caminamos apenas cinco metros antes de que Wilt se detuviera, hipnotizado por una hilera de máquinas tragaperras. Parecía totalmente ajeno a nosotras, como si estuviera en trance.

—Wilt.

Me puse ante delante de él, pero miraba con ojos vidriosos más allá, hacia las máquinas. Se sacó unas cuantas fichas del bolsillo y se sentó en la primera máquina.

Una a una, metió las fichas por la ranura.

—Detenlo, tía Pearl. Wilt no se lo puede permitir.

Un grupo de seis jóvenes de veintitantos borrachos nos había seguido por el casino. Se quedaron cerca de nosotras, susurrando y mirándonos embobados. A juzgar por las ridículas camisas hawaianas y los sombreros de paja, estarían de despedida de soltero.

—Él no se lo puede permitir, pero yo sí —dijo la tía Pearl—. Está jugando de mi parte.

Negué con la cabeza.

—Qué más da quién pague. Estás empeorando su adicción al juego.

Su premio de la lotería no justificaba el hecho de arruinar la vida de un hombre.

Nuestro club de admiradores se colocó en semicírculo a nuestro alrededor. Por lo que pude deducir de sus murmullos ebrios, estaban planeando como presentarse. Me volví hacia Carolyn.

—Ni siquiera has canjeado el boleto —protesté—. ¿Y si te equivocaste al comprobar los números?

Se me ocurrió que, si no había canjeado el boleto, estaría sacando el dinero de otra parte. Me daba miedo preguntar de dónde. Su nivel financiero no era suficiente para permitirse perder dinero de esa forma.

—El boleto es bueno. Lo validé con una máquina de esas, estoy segura. ¿Qué podría salir mal?

Movió la mano tan exageradamente que casi le dio al novio. Aunque no llegó a tocarlo, sí que le lanzó el sombrero por los aires, pero él no pareció notarlo.

—Muchas cosas —respondí—. Puede que haya habido un error con los números. ¿Y si has perdido el boleto? Espero que esté en un lugar seguro.

Carolyn se metió la mano en el escote y provocó silbidos entre sus admiradores. Abrió los ojos como platos y empezó a sudar.

—¿Qué pasa?

Se tapó la boca con las manos.

—Estaba aquí hace unos minutos. ¡Madre mía! ¡He perdido el boleto!

El estómago me dio un vuelco cuando pensé en la caravana, las partidas de póquer y quién sabe cuántas cosas más habría comprado la tía Pearl.

—Al menos aún nos quedan algunas de las fichas de Wilt.

Agarré a Wilt del brazo justo cuando echaba el último puñado de fichas en la máquina y tiraba de la palanca.

Demasiado tarde.

Carolyn Conroe estalló en carcajadas y me dio una palmada en la espalda.

—Tranquila, Cen. Era broma.

El tipo de la despedida miró a Carolyn embobado mientras esta se recolocaba el escote y le daba un último toque a su pecho. Le dedicó una sonrisa al chico.

—Todavía lo valgo.

Aparté a Wilt de la máquina tragaperras.

—¡Es mi máquina de la suerte! Estaba a punto de recuperarlo todo.

Wilt se soltó de mi agarre.

—¡No vas a recuperarlo! ¡Vayámonos antes de que sea demasiado tarde!

Wilt negó con la cabeza.

—Estoy ganando por primera vez en mucho tiempo. ¿Ahora quieres que lo deje?

—No estabas ganando nada —dije—. Has usado todas las fichas.

—Invertido temporalmente —protestó Wilt.

Eché un vistazo a Carolyn, pero estaba demasiado ocupada para darse cuenta. Los chicos de la despedida la rodeaban compitiendo por su atención. Ella estaba disfrutando de cada minuto.

Seguía teniendo ventaja. Wilt no sabía que Carolyn era en realidad la tía Pearl.

Bajé la voz para que ella no me escuchara.

—Wilt, necesito tu ayuda. La tía Pearl ha desaparecido y necesito encontrarla. ¿No se supone que eres su chófer personal y su guardaespaldas?

Wilt palideció.

—Sí. Madre mía, más me vale encontrarla.

Parecía una reacción un poco exagerada, pero al menos Wilt se tomaba en serio su trabajo.

—Sé que necesitas un respiro después de un trayecto tan largo, pero tenemos que encontrarla urgentemente. Necesita su medicación.

Si alguien necesitaba un fármaco en aquel momento era yo, pero Wilt se creyó mi mentira piadosa.

Estaba afectado.

—La he fastidiado, ¿verdad? Lo siento, no sé qué me ha pasado.

—Tranquilo, Wilt.

Me aparté de la máquina tragaperras y le indiqué que me siguiera. Uno de los chicos de la despedida nos empujó, molesto por perder su posición cercana a Carolyn.

Wilt me siguió, parecía arrepentido.

—Me he enganchado a las cartas en vez de vigilar a la señorita Pearl. No pude evitarlo, Cendrine. Todas esas luces y ruidos me han hipnotizado. Me siento como si estuviera drogado.

—No te preocupes. Sube a la suite a ver si encuentras algo. Yo buscaré aquí.

No tenía intención de hacerlo, pero necesitaba a Wilt fuera del casino. Tenía que alejar a Carolyn de la multitud y convencerla de que se volviera transformar en la tía Pearl. Carolyn Conroe atraía demasiado la atención masculina.

Wilt asintió y se dio la vuelta para marcharse. Solo pudo avanzar unos metros antes de que un hombretón le bloqueara el camino.

Me dio un vuelco el corazón cuando lo reconocí. Era uno de los mafiosos de la partida de póquer de antes.

CAPÍTULO 29

—¿Por qué te vas tan pronto? Acabamos de conocernos. —El gánster puso una mano rechoncha sobre el hombro de Wilt—. Tú y yo tenemos un asuntillo que resolver.

—Ya he pagado —Wilt temblaba mientras hablaba—. He pagado todas mis deudas, así que no veo cuál es el problema.

—¿No te parece que contar las cartas sea un problema? —Le aplicó más presión en el hombro—. No me tomes por tonto. La última mano perdida solo ha sido para no levantar sospechas.

—Eso no tiene ningún sentido —protesté—. Ha acabado perdiendo.

Me planteé ir a buscar a Rocco. Entonces recordé el tiroteo del vestíbulo y decidí que era mejor no hacerlo. Las rivalidades familiares podían resultar mortales.

El gánster me miró con tanta intensidad que parecía que le fueran a estallar los ojos.

—Nadie te ha preguntado, querida.

Wilt hizo un gesto de dolor cuando el gánster apretó aún más.

—Ya sé lo que tramáis tu amiguita y tú —dijo mirando hacia Carolyn—. Ella es tu distracción. Distrae a tus contrincantes para que no prestemos atención al juego.

—No. He ganado de forma justa. —Wilt se liberó del agarre del gánster—. Tengo que irme.

—No vas a ir a ninguna parte. Me debes tu tiempo.

El gánster cogió a Wilt por el cuello de la camisa y tiró tan fuerte que Wilt casi se sale por el otro lado. El gánster le duplicaba en tamaño, pesaba unos 130 kilos, y su temperamento era demasiado para igualarlo.

Wilt negó con la cabeza.

—No le debo nada a nadie. Ni siquiera mi tiempo.

Esa respuesta frívola iba a meternos en un lío. Lo cogí del brazo y le dije:

—Wilt, vámonos.

El gánster lo empujó hacia el otro lado y le rompió la camisa. Uno de los botones salió disparado y aterrizó en la lujosa moqueta.

La cara del gánster se puso roja de furia, enfadado por el hecho de perder.

—¡Carolyn! —grité—. Sal de ahí.

Sorprendentemente, Carolyn se deshizo inmediatamente de sus admiradores.

—¿Qué es todo este escándalo?

—Necesitamos ayuda —susurré—. Ahora es un buen momento para un hechizo de retroceso.

—Ay, dios mío. —Carolyn frunció el ceño—. Wilt tiene serios problemas. Ese es Jimmy, la mano derecha de Manny La Manna. Tiene mucho genio. Wilt sabe elegir a sus enemigos.

—¿No le has reconocido antes? Ha estado jugando al póquer con Wilt todo el rato que tú has estado contando. ¿Cómo puedes no haberlo visto?

—Ha cambiado desde la última vez que lo vi. Ha engordado mucho. Además, estaba pendiente de muchas cosas, Cen. Contar las cartas, contar los hombres... es un poco confuso.

—Céntrate, tía Pearl. Tenemos que resolver eso.

—No me llames así. Soy Carolyn.

—Vale, pero salgamos de este lío.

Carolyn dio un paso atrás y se cruzó de brazos.

—¿Me hablas así y esperas que te haga favores? Bueno, pues esta vez no te voy a ayudar. Si quieres otro hechizo de retroceso hazlo tú misma.

—Pero no puedo...

—Admite que te equivocas y discúlpate.

Un par de admiradores de Carolyn se acercaron para ver qué pasaba. No quería pelearme, pero no creía que tuviera motivos para pedir disculpas. No había hecho nada malo.

Jimmy cerró sus rechonchas manos alrededor del cuello de Wilt.

Wilt se agitó intentando escapar del agarre de Jimmy.

—Tía Pearl, por favor. No pienses en mí, hazlo por Wilt.

—¡Deja de usar mi verdadero nombre! —Me fulminó con la mirada—. ¿Te arrepientes o no?

—Vale, bien. Lo siento. Haz el hechizo y saca a Wilt de este embrollo.

No soportaba ver eso ni un segundo más. Los ojos de Wilt se le salían de las cuencas. Parecía un insecto a punto de ser aplastado.

—Ojalá practicaras tu magia y no confiaras en mí todo el tiempo —me regañó Carolyn—. Tienes que esforzarte más.

Puse los ojos en blanco. Era demasiado tarde para hacer algo al respecto, pero por una vez estaba de acuerdo con la tía Pearl. En cuanto volviera a Westwick Corners, decidí reanudar las clases, aunque solo fuera por contrarrestar la irresponsabilidad de la tía Pearl.

Chasqueó los dedos.

—Un, dos, tres, que no esté...

Mi respingo se oyó por todo el casino. Se hizo un silencio sepulcral en el espacio, sin voces ni ruido de máquinas. Los cientos de jugadores estaban congelados.

—Oh-oh.

La alegría de la tía Pearl había sido reemplazada por la preocupación.

—¿Qué pasa?

Miré hacia arriba, preguntándome si el hechizo de retroceso había afectado a otra parte del edificio, como a los empleados de seguridad que vigilaban las cámaras del casino. Si alguien revisaba las grabaciones vería la magia de la tía Pearl grabada para la posteridad. Al menos estaba segura de que en el casino había surtido efecto.

Carolyn hizo una mueca al intentar soltar los dedos de Jimmy del cuello de Wilt.

—No funciona. He detenido el hechizo en un mal momento y ahora no sé qué hacer.

—¿No puedes rebobinar unos segundos más?

Parecía una solución obvia, no entendía por qué se lo planteaba.

—No puedo rebobinar ni avanzar con tanta precisión. Aunque fuera lo suficientemente rápida, podía poner el peligro la seguridad de Wilt.

—No podemos dejar que Jimmy lo estrangule. —Me planté entre los dos hombres para ver más de cerca—. Déjame un zapato.

—No está tan mal, ¿no?

Carolyn inclinó la cabeza para observarlos mejor. La cara de Wilt estaba congelada en una expresión de terror mientras sus manos intentaban librarse del agarre mortal de Wilt.

—Déjame tu zapato, ¡rápido!

Carolyn me lo entregó a regañadientes. Metí el tacón afilado bajo los dedos de Jimmy y estiré lentamente hasta que los solté del cuello de Wilt. Entonces me incliné hacia atrás y empujé con todas mis fuerzas. Los nudillos de Jimmy crujieron cuando los aparté de Wilt. Perdí el equilibrio inmediatamente y caí sobre la moqueta del casino.

Un instante después, Jimmy cayó sobre mí y todo se volvió negro.

CAPÍTULO 30

Me senté y vi a Wilt y a Carolyn mirándome con expresión preocupada.

—¿Dónde está Jimmy?

Inhalé profundamente en busca de aire mientras mi caja torácica se expandía. Me sentía como una tortita aplanada tras ser aplastada por el peso de Jimmy.

—Se ha ido. —Carolyn señaló hacia la puerta. Ya se había vuelto a poner el zapato—. Levanta. No tenemos tiempo que perder.

Hice lo que me dijo, pero me sentía confusa. También tenía un fuerte dolor de cabeza. Me planté frente a Carolyn y analicé el suelo del casino. La gente seguía en las máquinas y las mesas jugando como si no hubiera ocurrido nada.

—¿Por qué tanta prisa?

Carolyn frunció el ceño.

—Jimmy va a contárselo a Manny, y cuando este vaya a por Wilt descubrirá que yo tengo algo que ver en todo esto. Tenemos un gran problema.

Eso me cogió por sorpresa.

—¿Manny sabe que eres bruja?

—Claro que lo sabe, Cen.

—Creía que habías dicho que era algo casual. —Si estaba al tanto de los poderes mágicos de la tía Pearl tenía que haber algo más—. ¿Cómo de seria es vuestra relación exactamente?

—No comparto mi vida privada y no voy a contarle los detalles de mi vida amorosa a mi sobrina. —Puso los brazos en jarra—. No es asunto tuyo.

—Has enfadado a un capo de la mafia. Lo has convertido en asunto mío.

Carolyn le quitó importancia.

—Ahora no tenemos tiempo para eso. Tenemos que esfumarnos.

Wilt caminó como un zombi hacia una máquina cercana. Rebuscó en sus bolsillos y les dio la vuelta, vacíos. Carolyn le hizo señas para que nos siguiera. Salimos del casino hacia el vestíbulo del hotel.

Estaba a rebosar de huéspedes, la mayoría de los cuales no tendrían ni idea del tiroteo que había habido poco antes.

—No voy a seguir hasta que no me cuentes más de tu relación con Manny. ¿Fue antes o después de que se casara con Carla?

Me sentía mal vestida al lado de Carolyn, aunque mi vestido informal encajaba con el aspecto del resto de huéspedes.

—Antes, pero no entiendo qué importancia tiene eso. Nos conocimos en una de las fiestas de Carla cuando ella aún vivía en Westwick Corners. Manny estuvo unos días en el pueblo por motivos de negocios. Se sintió muy atraído por mí.

Carolyn sonrió y se pasó los dedos por la melena rubia.

—¿Atraído por Pearl o por Carolyn?

—¿Qué más da eso?

—Importa y mucho. ¿Qué sabe del truco de Carolyn?

—Lo sabe todo. Y yo no lo llamaría así. Carolyn es muy real para mí. Te aseguro que es muy real para mucha gente a mi alrededor. Incluyendo a Manny. Cree que es sexy.

Me cubrí los oídos.

—Demasiada información.

No quería imaginarme a mi tía entrada en años —ni siquiera a su alter ego Carolyn— intimando con un miembro del sexo opuesto.

Me di la vuelta y vi que dos de los chicos de la despedida aún nos seguían.

—Sé que te sientes halagada por la atención, pero esto empieza a ser raro. Es como si nos estuvieran acosando.

Wilt se encaminó hacia ellos.

—Yo me encargo.

Carolyn esperó a que se hubiera alejado lo suficiente y me comentó:

—Al menos tendrán a Wilt ocupado un rato.

Les guiñó el ojo a los dos chicos y me siguió a los ascensores.

Puse los ojos en blanco, pulsé el botón del ascensor y recé porque las puertas se abrieran antes de que Wilt o Carolyn se metieran en más problemas.

Mis plegarias se hicieron realidad cuando las puertas se abrieron y entré al ascensor vacío.

Carolyn me siguió.

—Jimmy también estaba contando las cartas. Por eso está tan enfadado. Se suponía que no iba a tener competidores en la mesa. Manny pensará que he ayudado a Wilt.

—Es que le has ayudado. —Abrí los ojos como platos cuando entendí las implicaciones de la afirmación de Carolyn—. Un momento. ¿Quieres decir que Jimmy estaba contando las cartas con el consentimiento del casino?

Eso implicaba que Rocco estaba involucrado de algún modo.

—El casino tiene que saberlo. Lo controlan todo, así que es imposible que no estuvieran al tanto —reflexionó Carolyn.

—¡Eh, esperadme!

Wilt saltó dentro del ascensor justo cuando las puertas se cerraron justo detrás de él.

No sé qué les diría a nuestros admiradores, pero funcionó. Ya no nos seguían.

—¿Por qué la magia es peor que contar cartas? Al fin y al cabo todo es hacer trampas.

Por lo que sabía, Jimmy había sido vencido en su propio juego y tenía un mal perder. No entendía qué tenía que ver todo eso con

Manny, ni por qué la magia era peor que contar cartas. Para mí las dos cosas significaban hacer trampas.

—Puede, pero Manny no lo ve así. Él y sus cómplices se enriquecen contando las cartas. No tolerará ninguna forma de magia que pueda arruinar su negocio.

—Contar las cartas es muy tedioso. Jimmy tendrá que ganar mucho para que le valga la pena.

Me pregunté si Rocco sabía lo que ocurría en su propio casino.

Carolyn puso los ojos en blanco.

—Buscan a gente que haga apuestas altas como Wilt.

—¿De qué habláis? —preguntó Wilt arrugando la frente—. ¿Quién estaba contando las cartas?

—No importa, luego lo hablamos. —Me volví hacia Carolyn—. Manny no sabrá que es cosa tuya.

Carolyn negó con la cabeza.

—Hay cámaras de videovigilancia. Si alguien las revisa verá que se ha congelado todo con mi hechizo de retroceso. Claramente se trata de magia.

—Lo dudo. La mayoría de la gente pensará que es un fallo técnico de la cámara.

—Pero nosotras no estábamos congeladas —replicó Carolyn—. ¿No lo entiendes? Es una prueba de que somos brujas. Si alguien lo revisa verá que nos movemos mientras todos los demás se quedan congelados en el sitio.

—No lo había pensado. Pero no pasa nada. Se lo diremos a Rocco. Ya sabe que somos brujas, puede borrar la grabación.

—Mmmmm. —Carolyn frunció el ceño.

—¿Qué hay de malo en ello? Manny no trabaja en el casino de Rocco, así que no iba a ver la grabación de todas formas.

—Supongo que olvidé mencionar esa parte. —Carolyn hizo una pausa y cogió aire—. Manny ya se ha infiltrado en el casino. Algunos de sus cómplices son miembros del equipo de seguridad. Ahora que ya no está Carla no hay nada que le impida hacerse con el control oficialmente.

CAPÍTULO 31

Salí del ascensor y entré en la suite tras Carolyn y Wilt. Después de toda la multitud y el ruido metálico del casino, la quietud de la suite proporcionaba una extraña sensación de calma. Odiaba admitirlo, pero empezaba a sentirme como en casa.

—No podemos quedarnos aquí. Tenemos que hacer las maletas y largarnos. —Carolyn se dirigió a las escaleras, pero se detuvo a mitad camino—. Los hombres de Manny van a rastrear todos nuestros movimientos.

Me quedé boquiabierta. Christophe estaba sentado junto a mamá en el sofá, con una botella de cerveza en la mano. No me parecía muy normal beber en horas de trabajo, pero quizá las cosas fueran diferentes en Las Vegas. Aún más extraña me parecía su elección, dada la gran cantidad de lujosas bebidas que tenía a su alcance.

Pero quien me llamó la atención fue el hombre que había sentado en el sillón de enfrente de Christophe.

—¡Tyler! ¡Estás aquí!

Gruñó y se levantó para saludarme.

—Como no tenía noticias tuyas me preocupé. Estas familias son peligrosas, así que pensé en recogerte. Te he cogido un vuelo de vuelta.

Como si fuera la cosa más fácil del mundo.

—¿Cómo nos has encontrado? —Le di un beso en la mejilla.

Se encogió de hombros.

—No ha sido difícil. Simplemente he venido donde estaban los Racatelli.

Carolyn negó con la cabeza. Era obvio que no se alegraba de ver a Tyler.

—Juntándote con la ley. ¿Cómo has podido, Cen? Has cambiado de bando.

Tyler frunció el ceño.

—¿La conozco? Me suena de algo.

—No lo creo.

Carolyn miró a Wilt mientras salía a la terraza.

—Ahora vuelvo.

—Voy contigo.

Seguí a Carolyn al exterior.

—Tenemos que salir de aquí, Wilt. —Carolyn le hizo señas para que se acercara.

—Nos acabamos de conocer. —Wilt se quedó parado en el marco de la puerta—. Eres guapa y todo eso, pero apenas te conozco. ¿Por qué quieres huir conmigo?

Carolyn suspiró y dejó caer los brazos.

—Díselo, Cen.

—¿Decirle qué? —No pensaba explicarle que Carolyn era un disfraz mágico conjurado por la tía Pearl—. Tú te has metido en este lío. Arréglalo tú sola.

Wilt negó lentamente con la cabeza.

—Vosotras dos podéis discutir todo lo que queráis. Yo tengo que salir de aquí antes de que ese tío venga a por mí. Me iré a alguna parte con la caravana. Puede que me esconda en el desierto.

—¿En una caravana gigante? —se burló Carolyn—. Sí, nadie lo notará.

—No hace falta que te pongas sarcástica —replicó Wilt.

Hice que callaran y cogí a Wilt del brazo.

—¿Estás loco? No eres rival para estos tipos. Aunque te marches de Las Vegas, irán a por ti.

—No seas ridícula, Cen. Wilt puede desaparecer para siempre.

—¿Para siempre? —dudó Wilt—. No veo cómo. No tengo ningún sitio a dónde ir. No se me da bien nada. Incluso he perdido a la señorita Pearl.

Miré a Carolyn.

—¿No puedes hacer algo?

—Te refieres a volver…

—Exactamente. —Me volví hacia Wilt—. Prométeme que te quedarás aquí hasta que vuelva. Creo que se dónde está la tía Pearl.

Wilt parecía confundido.

—No puedo ayudarte si no cooperas, Wilt.

—Haz lo que dice —añadió Carolyn y me siguió dentro. Sonrió con indulgencia—. Wilt necesita un poco de aire fresco, podemos dejarle respirar un rato. Creo que ha bebido demasiado. Hablando de beber, no me vendría mal un cosmopolitan, Chris. Nadie los prepara como tú.

Christophe frunció el ceño.

—Nunca le he preparado una bebida, señorita.

Intenté quitarle importancia.

—Creo que le he hablado de ti y tus cócteles a Carolyn —dije fulminando con la mirada a mi tía.

—Un hombre con muchos talentos —sonrió Tyler—. Veo que al menos habéis estado en buenas manos con Christophe protegiéndoos. Quizá sea buena idea quedarse unas horas más en la suite.

—Nada de eso —sentenció Carolyn—. Tenemos que salir de aquí.

Tyler entornó los ojos.

—¿Seguro que no nos hemos visto antes? Juraría haberla visto en Westwick Corners.

Se me aceleró el pulso esperando la respuesta de Carolyn.

Ella pestañeó.

—¿West-qué?

—Da igual. —Tyler se giró hacia mí—. Estamos a punto de llegar al punto crítico. Prométeme que te quedarás en la suite.

—No nos iremos a ninguna parte —respondí por parte de las dos.

Subimos al piso de arriba y nos metimos en la habitación.

—Transfórmate en Pearl, ya.

—¿No puede esperar?

—No, tía Pearl. Hazlo ya.

Por una vez me hizo caso.

Suspiré aliviada al ver a la glamurosa Carolyn desvanecerse lentamente y ver materializarse a la tía Pearl ante mis ojos. Llevaba un conjunto para jugar tenis, no era exactamente su estilo habitual. La minifalda mostraba sus delgadas y arrugadas piernas con marcas causadas por el sol.

—Vale. Volvamos bajo y hagamos que Christophe ayude a Wilt.

—¿De verdad tenemos que involucrar a la policía?

—Creo que no tenemos elección.

—Vale. Hazlo a tu manera.

La tía Pearl sacó una gran bolsa de viaje blanca de debajo de la cama y se la colgó en el hombro.

—No nos vamos a ninguna parte —le recordé.

—Lo sé, lo sé.

Parecía que se fuera a un partido de tenis con la bolsa de deporte sobre el hombro.

La seguí escaleras abajo.

—Sheriff Gates, ¡menuda sorpresa!

—¿Va a alguna parte, Pearl? —preguntó Tyler.

La tía Pearl negó con la cabeza.

—No. Solo me estoy preparando para el partido de tenis de mañana.

—Eso está bien. Creo que tenemos que quedarnos todos aquí un rato.

CAPÍTULO 32

Estar encerrados en una suite en un hotel de lujo de Las Vegas no parecía tan malo, y menos con Tyler en ella. No me hubiera importado alargar un poco más nuestra estancia. Me conmovía que hubiera viajado tantos kilómetros solo para asegurarse de que yo estaba bien.

Ningún hombre había hecho algo así por mí nunca.

Puede que al fin y al cabo sí que tuviéramos posibilidades.

Le sonreí.

Tyler me devolvió la sonrisa.

—No ha sido difícil encontrarte, ya que sabía que estabas con Rocco Racatelli. Supuse que tarde o temprano aparecerías por su hotel.

Rocco.

Tyler.

En ese momento no sentía nada por Rocco, pero era porque no lo tenía cerca. ¿Se volvería a apoderar el hechizo de atracción de mi voluntad? Me preocupaba lo que eso pudiera significar para Tyler y para mí.

—Pero como…

Mis ojos volaron de Christophe a Tyler. Al parecer, ya se habían presentado. Mejor, así no tendría que darle explicaciones a Tyler sobre nuestro extraño mayordomo.

Tyler pareció leerme la mente.

—Christophe es un antiguo compañero. Su único motivo para estar aquí es vuestra protección.

—¿Usted también era mafioso, sheriff Gates? Nunca lo hubiera dicho.

Mamá abrió los ojos como platos y se deslizó a otro extremo del sofá, lejos de Christophe. Me miró en busca de consuelo.

—No pasa nada, mamá.

La reacción de mamá me pareció exagerada, sobre todo teniendo en cuenta sus desafortunadas elecciones de pareja.

Tyler rio.

—No se preocupe, Ruby. Christophe y yo trabajábamos juntos como policías infiltrados. Antes de trasladarme a Westwick Corners trabajé aquí, en Las Vegas.

—Sabía que era demasiado bueno para ser real —comentó la tía Pearl, pálida, mirando a Christophe—. Pero prepara unos martinis maravillosos. Es una lástima.

Christophe sonrió.

—¿Qué quiere que diga? Soy un hombre con múltiples talentos.

—¿Por qué necesitamos protección?

Sabía exactamente el motivo, pero quería una respuesta directa de Christophe. Si la policía consideraba la muerte de Carla un accidente, la presencia de Christophe no tenía sentido.

—No es algo que tengáis que saber de momento —respondió Christophe.

—¿Cómo sabías que estaría aquí? —pregunté—. ¿Y qué hay de Rocco? Es él quien necesita protección ahora mismo.

Quería respuestas, pero no estaba consiguiendo gran cosa.

—No te preocupes por él. Lo están cubriendo. Nos hemos ocupado de todo. Dejad que haga mi trabajo y estaréis bien —dijo Christophe.

—No necesitamos protección —se quejó la tía Pearl—. Somos perfectamente capaces de cuidarnos solas.

Cogí a la tía Pearl y la metí en la cocina.

—Es una oportunidad para conseguir justicia para Carla. Tenemos que enseñarle el informe del forense a Christophe.

—No podemos hacer eso. Probablemente sea igual de corrupto que los demás. Están convencidos de que la muerte de Carla fue un accidente, así que no quiero meter cizaña. No puedo hacer gran cosa frente a su incompetencia.

—De entre toda la gente, pensé que serías tú quien se empeñara más en conseguir justicia para tu amiga. Me acusas de no esforzarme con la magia, pues bien, tú no te esfuerzas en la vida real. Creía que Carla era tu amiga. ¿Acaso no te importa?

—Claro que me importa. Pero hay otros modos de hacer justicia.

—Tus ideas no han funcionado hasta el momento. De hecho, solo nos has metido en más problemas. Y ahora el pobre Wilt tiene que correr por su vida, todo porque lo involucraste en tus trampas con las cartas. Tienes que dejar de hacer travesuras mágicas antes de que fastidies lo que sea que la policía esté investigando de verdad. —Todavía no tenía ni idea de qué era y esperaba sacarle información a Tyler—. Dame el informe del forense.

Le tendí la mano.

La tía Pearl se apartó mostrándome las palmas de la mano.

—Creo que lo he perdido.

—Más vale que lo encuentres. A menos que fuera invención tuya.

Los ojos de la tía Pearl se inundaron en lágrimas.

—Claro que no. Nunca me inventaría algo así. Sería horrible.

—Te voy a dar una oportunidad para hacer las cosas bien, tía Pearl. —Señalé hacia el salón—. Al otro lado de la puerta hay dos personas que pueden ayudar. ¿Vas a darles las pruebas de que Carla fue estrangulada o vas a ocultar lo que sabes?

—Vale, bien. Hazlo a tu manera. —Me empujó a través de la puerta de la cocina—. No tenemos tiempo que perder. Jimmy va a venir a por nosotros.

—Me ocuparé de Wilt.

Fui hacia la terraza para traer a Wilt. Abrí las puertas y salí. Di la vuelta por todo el espacio pero no encontré señales de él. Eché a correr rehaciendo mis pasos, comprobando cada rincón y cada hueco en el que pudiera estar. Me asomé por la barandilla y miré hacia la calle que había mucho más abajo, donde multitud de personas que parecían hormigas pasaban por la entrada del hotel.

Wilt había desaparecido sin dejar rastro.

Volví dentro corriendo y casi choqué con la tía Pearl.

—Se ha ido.

El labio inferior de la tía Pearl tembló.

—¿Cómo es posible?

—Le has ayudado, ¿verdad? Porque es imposible que desaparezca de una terraza en el piso número veintiséis de un hotel sin ayuda de la magia.

—Puede ser.

Los ojos de la tía Pearl se movían de un lado al otro.

—Huir no soluciona nada, tía Pearl. De hecho, empeora mucho las cosas para Wilt. Está solo y ni siquiera es capaz de pensar con claridad. Encuéntralo, por favor.

Wilt era demasiado desorganizado y descuidado para cometer un delito, menos aún un asesinato. Ni tan solo era capaz de seguir las trampas de la tía Pearl con las cartas.

Pero después de todo, quizá no fuera culpa de Wilt. Pensé en lo que había comentado en el ascensor. Parecía totalmente ajeno a la cuenta de cartas. Los relatos de la tía Pearl tenían tantas inconsistencias que no sabia ni por dónde empezar.

—Volvamos dentro y contémoselo todo.

La tía Pearl se cruzó de brazos.

—No.

—Puede que Wilt haya esquivado a la policía, pero no podrá huir de La Manna para siempre. Lo encontrarán vaya donde vaya y sufrirá las consecuencias. Para entonces será demasiado tarde. Al menos con la policía estaría protegido bajo custodia.

Por primera vez, la tía Pearl vaciló.

—Supongo que tienes razón. Lo acabarán encontrando y mi magia no puede protegerlo de por vida.

—Bien, está decidido. —Cogí su delgado brazo con la mano y la arrastré hasta la puerta—. Quiero que se lo cuentes todo a Christophe y a Tyler.

—¿Estás segura? ¿Todo?

—Obviando las partes mágicas, por supuesto. Diles todo lo demás, incluyendo las relaciones amorosas y los casamientos de Carla, reales o fingidos.

Entré al salón y di la noticia:

—Wilt se ha marchado.

—Es imposible. Habría pasado por delante de nosotros. No podría haber saltado todos esos pisos y sobrevivir.

Mamá se llevó las manos a la boca cuando entendió lo que había pasado en realidad.

La tía Pearl tosió.

—Dime que no —susurró mamá apretando el brazo de su hermana —. Le has ayudado, ¿verdad?

—¡Ay! —La tía Pearl se deshizo del agarre de mamá—. Tenía que hacer algo. De lo contrario, Wilt estaría muerto en cuanto Manny le pusiera las manos encima.

Tyler se sorprendió.

—¿Ha ayudado a Wilt a escapar? Pero si estaba fuera...

El comentario de Tyler me pareció extraño, ya que era imposible que supiera lo que había ocurrido en el casino.

—Lo encontraremos. Podemos discutir los detalles más tarde, pero la tía Pearl tiene más noticias interesantes que contar, ¿verdad, tía Pearl?

—Ajá —murmuró ella.

—Hable, Pearl —la apremió Tyler—. Y no escatime en detalles. Esta gente es peligrosa.

Sentí que empezaba a sudar.

—Háblale de los hombres de Manny y de cómo se han infiltrado entre la seguridad del hotel. Si han visto la huida de Wilt en las cámaras de vigilancia está condenado.

La tía Pearl asintió.

—Puede que ya sea demasiado tarde.

CAPÍTULO 33

La tía Pearl se dirigió a la salida con la bolsa todavía colgada del hombro.

—Sé dónde encontrar a Wilt.

—No, Pearl —dijo Tyler—. Usted no va a ninguna parte.

La tía Pearl lo fulminó con la mirada y volvió al salón.

Christophe se acercó hacia las puertas de la terraza. Habló en voz baja por el móvil. Volvió al sofá en menos de un minuto.

—Estoy seguro de que encontraremos a Wilt rápidamente, pero los inocentes no suelen desaparecer así como así. ¿De qué huye?

—De Manny, por supuesto —dijo la tía Pearl.

—Lo dudo —replicó Christophe—. Tiene protección policial en una suite segura. ¿Por qué irse y arriesgarse a Manny lo encuentre, a menos que se trate de algo más?

—¡Ya no puedo soportarlo! Claro que hay algo más. Solo que sois demasiados estúpidos para comprenderlo. Es la clave de todo lo que ha ocurrido. —La tía Pearl hundió la cabeza entre las manos—. Ya que no sois capaces de deducirlo, os lo diré yo. Danny mató a Carla. Wilt lo vio todo.

—¿Danny «Huesos» Battilana? Eso es imposible porque ya estaba muerto. Todos lo vimos en el funeral.

Christophe me miró directamente y carraspeo.

—Pero eso no quiere decir que muriera antes que Carla —dije.

Christophe negó con la cabeza.

—Claro que sí. Ya estaba en el fondo del ataúd. Además, su muerte fue declarada un accidente.

—Bueno, sé de buena mano que las cosas no fueron así.

La tía Pearl se cruzó de brazos en actitud desafiante.

—No veo cómo. Todos llegasteis después de la muerte de Carla, Wilt incluido. ¿Cómo es posible que fuera testigo de la muerte de Carla? —Christophe frunció el ceño.

Recordé el incidente del féretro.

—Sigue habiendo algo que no me cuadra. En el funeral Huesos parecía... —tartamudeé en busca de las palabras exactas.

—¿Que llevaba bastante tiempo muerto? —preguntó mamá.

—Sí —respondí—. A juzgar por las condiciones del cuerpo, es probable que muriera antes que Carla.

—No, ese no es el caso —intervino la tía Pearl—. Carla fue embalsamada, pero Danny no. Por eso parecía tan estropeado. Además, cualquier embalsamador decente habría camuflado el agujero de bala que Huesos tenía en la frente.

Christophe entornó los ojos.

—Pareces saber mucho.

La tía Pearl negó con la cabeza.

—No mucho. Simplemente soy muy observadora.

—Bueno, una cosa está clara. Rocco nunca habría escondido el cuerpo de Danny dentro del ataúd de su abuela —dijo mamá.

—No esté tan segura —contestó Christophe—. La gente toma medidas desesperadas para cubrirse las espaldas.

—¿Podemos volver al tema importante? —reprochó la tía Pearl—. Wilt me llamó justo después de que pasara.

—¿Cuándo? No salimos hasta después de...

—Existen unas cosas llamadas teléfonos y correos electrónicos, Cen.

Mi tía era terriblemente mala con la tecnología, así que también dudaba que la hubiera usado. Solo se habría comunicado en persona.

—¿Cuándo fue la ultima vez que estuviste en Las Vegas?

La tía Pearl entornó los ojos.

—Hace poco.

—¿Cuándo exactamente?

Christophe tomaba notas en un trozo de papel que se había sacado del bolsillo de la camisa.

—Hace un par de días.

Mamá dio un respingo.

—¿Antes de que Carla muriera? ¿Por qué no lo has dicho antes?

—No me lo preguntaste —contestó la tía Pearl mirando a mamá—. Ah, y otra cosa. Nadie ha preguntado tu opinión. Tus suposiciones solo crean confusión.

Mamá quedó visiblemente ofendida.

—Carla me citó aquí. Dijo que era alto secreto, pero cuando llegué, ya no estaba.

—¿Te refieres a que ya había muerto? —preguntó mamá.

—Sí, por supuesto. —La tía Pearl andaba de un lado a otro—. La encontré aquí, en la piscina. Me tortura pensar que murió a pocos metros de nosotras.

—¿Murió aquí? —Mamá se levantó de golpe—. Creía que Carla había muerto en su casa.

—Esta suite era su casa.

—Pero... yo he estado en la piscina... —A mamá se le rompió la voz.

Christophe miró hacia otro lado, claramente incómodo.

—La policía declaró que había sido un accidente sin buscar nada —explicó la tía Pearl—. Caso cerrado. O bien los policías locales son unos incompetentes o son unos corruptos.

Tyler se enfureció.

—No vaya haciendo acusaciones sin pruebas, Pearl. Yo trabajé aquí y conozco a la mayoría de ellos. Ningún agente que conozca cubriría un asesinato.

Detestaba posicionarme del lado de la tía Pearl, pero tenía razón en algo.

—Hay algo raro en el modo en que encontraron a Carla, boca

arriba en la piscina. Las víctimas de ahogamiento suelen estar boca abajo.

Ese comentario atrajo la atención de Christophe y la de Tyler. Christophe anotó algo.

Lo último que necesitábamos era que Tyler y la tía Pearl se enfrentaran.

Mamá se cubrió la boca con las manos.

—¿Por qué no me habéis dicho nada de esto? Habéis dejado que me meta en la piscina.

Pearl le quitó importancia con un gesto de mano.

—Por eso exactamente no dije nada. Siempre reaccionas de forma exagerada.

—Puede que Carla cayera como mamá. Solo que su accidente fue mortal —lo dije más que nada para animar a la tía Pearl que parecía reacia a revelar más detalles. No podíamos perder más tiempo, había que llegar al fondo del asunto.

—No. Carla fue estrangulada. —La tía Pearl se sacó el informe forense del bolsillo y se lo tendió a Christophe—. Es lo que dijo el forense, lo pone en este informe.

—¿De dónde lo ha sacado? —preguntó Christophe extrañado.

—No importa —cortó la tía Pearl—. ¿Quieres leerlo o no?

Christophe no respondió. Pasó los dedos por el informe mientras lo leía.

—No había agua en los pulmones. Es extraño.

—¿Me creéis ahora? —Los ojos de la tía Pearl se anegaron de lágrimas.

—No sé qué hacer con esto —dijo Christophe—. Huesos ya ha muerto. Resulta que conozco muy bien a la forense y no se le puede reprochar nada. Mi fuente me dijo que ella había declarado que se trataba de un trágico accidente. No soy capaz de imaginarla reteniendo información o alterando un informe.

—Entonces supongo que tu fuente mintió. La médica forense y Wilt son los únicos que saben la verdad. Y Wilt fue el único testigo del asesinato de Carla. Por eso se ha dado a la fuga.

—Más vale que nos ayude a encontrarlo, Pearl —dijo Tyler—. Puede que sea demasiado tarde.

CAPÍTULO 34

Manny y sus secuaces ya estaban bajo vigilancia y Christophe emitió una orden de búsqueda para Wilt. Sospeché que no permanecería mucho tiempo en paradero desconocido, sobre todo porque viajaba en la enorme caravana. Sentí una pizca de esperanza, puede que, al fin y al cabo, Wilt sobreviviera.

—Si lo que dice Wilt es cierto, supongo que sí que lo hizo el marido —dijo Tyler—. Es lo que ocurre la mayoría de las veces.

—Wilt prestará declaración cuando lo encontremos. —Christophe se dirigió a la tía Pearl—: Mientras tanto, cuénteme todo lo que sepa.

La tía Pearl alzó las manos con las palmas hacia afuera.

—No hay nada más que...

—La boda falsa —apunté.

—Ah, eso. —La tía Pearl me dirigió una mirada recriminatoria—. Huesos fingía estar muy afectado por la muerte de su esposa, pero solo le importaba una cosa: el imperio Racatelli. Obligó a Carla a casarse con él. Amenazó con matar a Rocco si no lo hacía. Ella accedió, pero fue más lista que él. Fue toda una farsa. Los certificados, la ceremonia... absolutamente todo.

Recordé que Rocco había mencionado que Carla había firmado un contrato prematrimonial. Al parecer, no fue así, se trataba solo de una mentira que ella le contó para que no se sintiera amenazado.

—Huesos creía que matando a Carla heredaría las posesiones de los Racatelli. Acabaría con Rocco, al menos en sentido financiero.

Mamá suspiró aliviada.

—Gracias a Dios que la boda fue falsa. Eso quiere decir que el legado de Rocco está a salvo. Al menos de Huesos.

La tía Pearl levantó la mano.

—¿Y qué hay de los tipos de La Manna en el hotel? Ya se han metido dentro del hotel y pretende hacerse con el control. Se han infiltrado en las operaciones del casino.

La tía Pearl se volvió hacia Christophe.

—¿Por eso estás aquí? ¿Por el intento de toma de poder de Manny?

—No puedo responder a eso, Pearl. Lo único que puedo decirle es que mientras esté aquí estará a salvo.

—La rivalidad entre los Racatelli, los Battilana y La Manna viene de largo —intervino Tyler—. No es lo que se dice un secreto. El tiroteo del vestíbulo fue solo un enfrentamiento más.

La tía Pearl negó con la cabeza.

—Es una lástima. Manny fue el verdadero amor de Carla. Había algo muy especial entre los dos.

Fruncí el ceño al pensar que la tía Pearl estaba saliendo con Manny.

—Pero...

—Te dije que Manny era solo una distracción para mí —explicó—. Cuando Carla me habló de lo que sentía por él lo dejé inmediatamente. No aprobaba su elección de marido, pero, ¿quién soy yo para interponerme en su búsqueda de la felicidad?

Di un respingo.

—¿También se casó con Manny? ¿De verdad?

La tía Pearl asintió.

—Ese casamiento sí que fue real. De hecho, ocurrió pocas horas antes de su muerte. Fue una boda secreta y yo era uno de los únicos testigos. Rocco era el otro.

Todo empezaba a cobrar sentido.

—El tiroteo no fue por el imperio Racatelli, ¿verdad? Era por la boda. A Rocco no le gustaba y Manny no le iba a dejar interponerse. Supongo que Manny acabó saliéndose con la suya.

La tía Pearl se echó a llorar.

—Hice todo lo que pude, pero no fue suficiente.

Había visto a mi tía a punto de llorar muchas veces, la mayoría en las últimas veinticuatro horas. Pero nunca la había visto llorar de verdad. Le pasé un brazo por los hombros y la abracé.

—No pasa nada, hiciste todo lo que podías. Simplemente me habría gustado que hubieras empezado contándonos la verdad. Habría sido mucho más fácil para todos.

Ambas nos sobresaltamos cuando el teléfono de Christophe sonó.

Se puso en pie y fue hasta la cocina. Habló en voz baja, pero a juzgar por su lenguaje corporal, eran buenas noticias.

—Han encontrado el rastro de Wilt, pero los secuaces de Manny también van tras él. Espero los policías lleguen antes que ellos.

Mamá se estremeció.

—Hay cosas de las que ocuparnos, tía Pearl. Como encontrar los documentos de Carla. Los certificados de matrimonio, para empezar. Eso respaldará tu relato.

Mamá se puso en pie, aún algo mareada.

—Os ayudaré.

* * *

TARDAMOS MENOS de diez minutos en encontrar los documentos en el cajón del escritorio de Carla.

—A mí me parece auténtico.

Señalé el certificado de matrimonio de Danny y Carla y le entregué los documentos a Tyler.

—No veo por qué tiene que ser falso —dijo—. Carla y Huesos tenían una licencia válida y la ceremonia fue presenciada por Rocco y el jefe del hotel. ¿Dónde está la falsificación?

La tía Pearl palideció.

—El certificado. Creía que era falso.

—No —negó Tyler—. Es de la capilla que hay en esta misma callera. Su matrimonio es real.

Christophe frunció el ceño.

—Solo hay una pregunta y creo que ya sabemos la respuesta. ¿Quién mató a Huesos?

CAPÍTULO 35

Si Christophe y Tyler estaban molestos por las idas y venidas de la historia de Pearl no lo dijeron.

—Necesitamos la versión de Wilt —dijo Christophe—. Puede que sea más que un testigo.

Tyler asintió.

—Puede que él matara a Carla. No tiene coartada y fue el último que la vio en vida. —Tyler se volvió hacia la tía Pearl—. Al menos según la versión de Pearl.

—¿Qué quiere decir con eso? —la tía Pearl frunció el ceño.

Tyler no respondió.

—Lo descubriremos pronto. —Christophe dejó el teléfono sobre la mesa—. Tenemos a Wilt, está sano y salvo.

—Menos mal —dijo mamá.

—Ya lo he dicho, no fue Wilt. —La tía Pearl dio una patada al suelo en señal de frustración—. Huesos mató a Carla porque pensó que, como marido, lo heredaría todo.

—Puede que Rocco se lo metiera en la cabeza a Huesos y después lo matara —sugirió Tyler—. Sin Huesos toda la herencia caería en manos de Rocco.

—Eso es aún más ridículo —replicó la tía Pearl—. No hagáis más suposiciones y aceptad los hechos.

—Quizás Manny La Manna mató a Carla —dije.

—Manny nunca haría algo así —la tía Pearl pareció ofenderse ante mi comentario.

—¿Crees que estos tipos tienen principios? —pregunté.

La tía Pearl me miró indignada.

—¿Cómo es que sabe tanto de esta gente? —Christophe se rascó la barbilla—. Y ya que estamos, ¿cómo sabía que Manny se había infiltrado en el hotel, Pearl? Parece saber mucho para ser una simple testigo.

Un escalofrío me recorrió la espalda cuando recordé el funeral, donde Christophe parecía ser amigo de Manny. Si Tyler confiaba en él seguro que tenía razón, pero aún así no me sentía cómoda del todo.

—Díselo, tía Pearl.

—Primero quiero inmunidad judicial.

—No es tan fácil como en la tele, Pearl —sonrió Christophe—. Además, no tengo la autoridad para hacerlo. Solo puede hacerlo el fiscal del distrito. Pero sí que puedo llevarla a la ciudad para hacerle un largo interrogatorio. O puede cooperar y dejamos de lado las formalidades. Creo que sé qué opción prefiere.

—Bien.

La tía Pearl frunció el ceño y se dejó caer en el sofá.

Por suerte Christophe no parecía interesado en los detalles de la huida de Wilt, solo le preocupaba encontrarlo. Su teléfono empezó a sonar y respondió:

—De acuerdo. Nos vemos en diez minutos. —Christophe se dirigió de nuevo a la tía Pearl—. Tendremos a Wilt de vuelta en unos minutos. Mientras tanto, quiero que me cuente todo lo que sepa sobre Manny. Soy todo oídos. Ya puede empezar a hablar.

* * *

La tía Pearl acabó su relato diez minutos después, omitiendo los líos románticos. Eso no me sorprendió, ya que sus afirmaciones no cuadraban con la versión de mamá. Una de las dos mentía, y no tenía duda de quién.

Fue asombrosamente abierta con Christophe sobre Manny y su infiltración entre la seguridad del alto. También proporcionó información adicional sobre las organizaciones ilegales de los Racatelli, los Battilana y La Manna que incluso Christophe pareció desconocer.

Al menos actuó como si le sorprendiera. Probablemente fuera solo eso, una actuación. Era muy buen actor, como todo buen agente de incógnito. Todas habíamos creído de pies juntillas que era un simple mayordomo.

—Todo es culpa mía —sollozó la tía Pearl—. Solo intentaba ayudar a Wilt. Le prometí a Carla que, si le pasaba algo, cuidaría de él.

Mamá dio un respingo.

—¿Conocías a Wilt antes de que llegara a Westwick Corners?

La tía Pearl asintió.

—Acudió a mí en busca de ayuda. Lo único que hice fue ayudarle a escapar. Bueno, puede que jugara un poco también. Al fin y al cabo, estamos en Las Vegas.

—Continúe. —Christophe volvió a sacar el teléfono—. ¿Le parece bien si grabo todo esto?

La tía Pearl asintió.

—¿De quién huía Wilt? —Respondí a mi propia pregunta—: ¿De Huesos? ¿Su asesinato tiene algo que ver con Wilt?

La tía Pearl volvió a asentir lentamente.

—Más o menos.

—¿Qué quieres decir con «más o menos»?

Wilt tenía una gran deuda de juego. Cuando descubrió que era a Huesos a quien se lo debía, le entró el pánico. Pensó que Huesos quería matarlo. Pero él nunca haría algo así, aunque solo fuera porque no era bueno para el negocio. Los hombres muertos nunca pagan sus deudas, pero los hombres asustados sí. Eso nunca se le ocurrió a Wilt. El pobre es tan crédulo. Tenía que ayudarlo.

Me quedé boquiabierta. De golpe los problemas de ludopatía de Wilt cobraban sentido. Wilt no es un extraño en Las Vegas, ¿verdad?

—No —respondió la tía Pearl a media voz—. Tenía que conseguir el dinero de algún modo y pensé que no pasaría nada si le ayudaba. Wilt y yo éramos un equipo, pero tanto Manny como Huesos descubrieron nuestro sistema. Huesos amenazó con decírselo a Manny, y sabía que Manny no dudaría en matarnos si no parábamos.

—Entonces, ¿por qué no parasteis? Eso os da a ambos un motivo para matar a Huesos. ¿Le pusiste tú la bala entre los ojos?

Ya sabía la respuesta, pero tenía que preguntar.

—No, pero Wilt sí —respondió la tía Pearl entre sollozos.

CAPÍTULO 36

—¿Wilt es un asesino? No puedo creerlo.

Me puse en pie y caminé nerviosa.

La tía Pearl suspiró.

—Cualquiera puede corromperse, sobre todo cuando la familia está involucrada.

—¿Qué quieres decir con eso? ¿Quién es familia de Wilt? —Me cubrí la boca con las manos—. ¿Wilt es pariente de Huesos?

La tía asintió.

—Wilt es el nieto de Huesos. Incluso realizó un análisis de ADN para demostrarlo, pero Huesos lo sigue negando. Sostiene que Wilt es un impostor y que falsificó los resultados de algún modo.

—¿Por qué crees que Wilt dice la verdad? Podría habérselo inventado todo.

La tía Pearl negó con la cabeza.

—Wilt no es el único que descubrió la conexión. Recuerdo su nacimiento y a su familia. Wilt era solo un bebé cuando él y su madre, testigos inocentes, se vieron atrapados entre el fuego cruzado de dos organizaciones mafiosas. El padre de Wilt también murió, pero él participó en el tiroteo.

»Wilt no murió aquel día, pero entonces no lo sabíamos. Della lo protegió con su propio cuerpo en el tiroteo y consiguió salvarle la vida. Pero Carla no lo descubrió hasta muchos años después. Los únicos que conocían el secreto eran Huesos y quienquiera que le ayudara a encubrirlo. En resumen, aquel día Wilt perdió a su padre y a su madre.

»Huesos se sentía tan culpable de la muerte de su hija que no soportaba ver a su hijo. Oficialmente, nunca se encontró el cuerpo de Wilt. Extraoficialmente, fue llevado a un hogar de acogida con otro nombre. Wilt era demasiado joven para recordar a sus padres o que tenía un abuelo que renegaba de él. Huesos enviaba dinero a la casa de acogida todos los meses, pero lo mantenía en secreto. Wilt creció sin conocer su verdadera identidad.

—¿Entonces cómo...?

—Carla descubrió las transferencias poco después de casarse con Danny y se preguntó para qué serían. Contrató a un detective para que investigara la casa de acogida. Llevaba décadas enviando dinero, desde la fecha en la que ocurrió el tiroteo que acabó con la vida de los padres de Wilt y, supuestamente, con la suya propia. Siempre se había preguntado por qué no habían podido encontrar el cuerpo del pequeño. Todo cobraba sentido.

—¿Cómo podía estar segura de que era él?

La marca de nacimiento que tiene en la frente es única. Sigue igual que cuando era bebé —explicó la tía Pearl—. Ya puedes imaginar qué ocurrió cuando habló con Huesos.

Di un respingo.

—¿Carla le plantó cara?

—Claro que lo hizo. Quería que Danny reconociera a su nieto. Detestaba la idea de que Wilt hubiera crecido en un hogar pobre mientras que, a pocos kilómetros, su abuelo vivía rodeado de los mayores lujos.

»Y Huesos, quiero decir, Danny, quería que todo siguiera como los últimos años. Quería fingir que Wilt nunca había existido.

Quizá hubiera sido mejor que Wilt nunca hubiera sabido que su abuelo era Danny «Huesos» Battilana. De momento no le iba demasiado bien.

La tía Pearl asintió.

—Carla le insistió hasta que acabó admitiendo la existencia de Wilt. Por supuesto, como eso podría dañar su imagen, no quería la noticia se expandiera.

Fruncí el ceño al darme cuenta de que eso también le confería a Wilt un motivo por el que matar a Huesos.

—¿Por qué Carla esperó décadas para decir la verdad?

—Siempre se sintió un poco culpable y le daba miedo Huesos. Pero con el paso de los años cada vez le pesaba más. No quería que Wilt viviera toda la vida sin saberlo. La destruía por dentro saber que tenía la capacidad de hacer las cosas bien. Al final, su conciencia ganó.

Lo comprendí todo.

—Por eso Huesos mató a Carla, ¿verdad? No fue para hacerse con el imperio Racatelli, fue porque quería que la existencia de Wilt se mantuviera en secreto a toda costa.

La tía Pearl asintió.

—Huesos estranguló a Carla y la metió en la piscina para que pareciera un accidente. Se salió con la suya porque nunca cumplirá ninguna condena.

Miró a Christophe.

—Está muerto, así que no se ha salido con nada —puntualicé.

—Me ha dado pruebas suficientes, siempre podemos reabrir el caso —dijo Christophe.

La tía Pearl señaló el informe de la autopsia y se lo tendió a Christophe.

—Como dice el informe, Carla murió antes de tocar el agua.

—No tenía agua en los pulmones porque ya estaba muerta —indiqué señalando el final de la página—. Su muerte fue un asesinato, aunque la policía sigue diciendo que fue un accidente.

Esperaba que la tía Pearl hubiera proporcionado la autopsia real y no algo sacado de la manga.

Christophe le cogió los papeles a Pearl.

—Ya lo veré bien con el médico forense.

La tía Pearl parecía más y más incómoda mientras hablaba. No dejaba de mirar el reloj y una capa de sudor le perlaba la frente. Estaba arriesgándose mucho y no sería capaz de incriminarse sin un poco de apoyo. Mantuve mi mano sobre su espalda y le indiqué que se sentara en el sofá.

—Prosigue.

—Solo sé lo que Wilt me contó —dijo la tía Pearl—. Cuando Carla le contó la verdad, Wilt quiso plantarle cara a su abuelo. Se le rompió el corazón cuando se enteró de que tenía un abuelo de su propia sangre que le había abandonado. Desafortunadamente, Wilt tenía un problema con el juego y fue a peor. Antes de tener la oportunidad de hacer frente a Danny ya tenía una enorme deuda de juego.

—Pero conociste a Wilt en Westwick Corners. Me dijiste que íbamos a Las Vegas por el funeral de Carla.

—¿Cómo crees que me enteré del funeral? —La tía Pearl se levantó del sofá y se paseó con nerviosismo—. Wilt me buscó inmediatamente después de la muerte de Carla. Se habían reunido en secreto unos meses antes.

—¿Reunido? No lo entiendo.

—Carla era la madrina de Wilt. Fue como una madre para Della, así que había sido muy cercana a su bebé. Fue ella quien le reveló a Wilt su verdadera identidad. —La tía Pearl se secó una lágrima de la mejilla—. Carla me llamó y me pidió que lo protegiera si en algún momento lo necesitaba. Y de pronto murió. Por eso Wilt vino a mí. Fue testigo del asesinato de Carla porque estaba aquí, en la suite.

—¿Por qué no le has dicho nada de esto a la policía antes?

Ahora entendía por qué Wilt prefería quedarse en la caravana antes que en la suite.

—Huesos siempre hacía lo que quería y nunca tenía consecuencias —dijo la tía Pearl—. No quería poner a Wilt en peligro porque Huesos no querría dejar testigos. Por supuesto, nada de eso importa ahora.

—Puede, pero ahora está muerto, así que no se libró del asesinato exactamente.

—No, pero el pobre Wilt tiene los días contados, aun teniendo protección policial.

—Un momento, si Carla murió primero, y Huesos, su esposo ante la ley, murió después, ¿significa que Wilt es el heredero y no Rocco?

La tía Pearl asintió lentamente.

—¿Entiendes ahora el problema? Esta historia tiene para largo.

CAPÍTULO 37

Dos agentes de policía uniformados entraron a un exhausto Wilt a la suite.

—¿Seguro que queréis que lo dejemos aquí?

Christophe asintió.

—Quiero hacer unas comprobaciones. Vosotros quedaos en el pasillo y vigilad el ascensor. Que no entre nadie, ¿de acuerdo?

El más mayor de los agentes asintió y volvieron al pasillo con las armas desenvainadas.

Wilt levantó las muñecas esposadas.

—Fue un accidente. Solo apunté a Danny con la pistola, pero él se abalanzó contra mí. Peleamos y se disparó. Mi intención nunca fue matarlo.

—No digas nada más hasta que no te consigamos un abogado. —La tía Pearl hizo un gesto de silencio y me lanzó su móvil—. Cen, llama a uno.

Cogí el teléfono de mi tía y tosí.

—Podrías habérmelo dejado antes.

Lo hizo a propósito.

—No es por ti, Cen. —La tía Pearl se volvió a Christophe y lo miró fijamente—. Fue en defensa propia. Cualquiera podría verlo.

Christophe la ignoró.

—¿Por qué lo hiciste, Wilt? ¿Por qué esperaste tantos años?

—No esperé. No tenía ni idea de que tenía parientes vivos hasta que me lo dijo Carla hace unos días. Creyó que tenía derecho a saber que era un Battilana, aunque Danny lo negó.

La tía Pearl levantó la mano.

—Wilt, para.

—No, quiero hablar, con o sin abogado. Quiero aclarar las cosas. —Inspiró profundamente—. Estaba durmiendo arriba el día que Carla murió. Me desperté por lo gritos que provenían de la terraza. Reconocí la voz de Carla y discutía con un hombre. La pelea se avivó así que corrí al exterior. Pero era demasiado tarde. No pude salvar a Carla.

Christophe garabateaba con furia en su libreta y sacó su teléfono.

—¿Te importa si grabo esta conversación?

Wilt negó con la cabeza.

—No tengo nada que ocultar. Cuando salí Danny tenía las manos alrededor del cuello de Carla. Cuando se apartó ella cayó redonda. No respiraba, pero intenté reanimarla antes de que Danny me empujara.

—Pobre Carla —dijo la tía Pearl—. Le dije que no lo hiciera, que dejara las cosas tal y como estaban. Pero insistió en que era lo correcto. Por eso la estranguló Huesos.

De repente todo cobrara sentido. La repentina aparición de Wilt en la gasolinera de Westwick Corners. Acudió a la tía Pearl, la mejor amiga de Carla, en busca de ayuda. Desafortunadamente para él, Pearl no siempre pensaba con la lógica. Su loco plan solo empeoró las cosas hasta casi perder el control.

—¿Qué pasó después, Wilt? —preguntó Tyler.

—Lo minutos siguientes fueron un poco confusos. Danny me golpeó la cabeza con una silla y me desmayé. Al despertar lo vi metiendo a Carla en la piscina. Entonces cogí la pistola de aquella mesa. —Señaló una ornamentada mesa francesa a poca distancia de las puertas de la terraza —. Solo la cogí para asustarlo. Ni siquiera sabía si estaba cargada, no tenía tiempo para comprobarlo. Danny se abalanzó sobre mí y caímos al suelo. Lo siguiente que sé es que la pistola se disparó. Durante un momento pensé que había sido un disparo al aire, pero entonces Danny cayó sobre mí. En ese momento me di cuenta de que la había dado.

—Entonces me llamaste —dijo la tía Pearl—. Fue en defensa propia.

Mis ojos se encontraron con los de mamá y vi que estaba pensando lo mismo que yo. La tía Pearl era cómplice de asesinato. Seguro que habría ayudado a Wilt a deshacerse del cuerpo.

Extrañamente, Christophe no preguntó sobre eso. En cambio, salió al pasillo y dijo algo a los agentes uniformados. Segundos después entraron en el ascensor.

—Manny La Manna ha sido arrestado por blanqueamiento de dinero y crimen organizado —informó Christophe—. Hay otros cargos pendientes, pero ahora mismo no puedo decíroslos.

—¿Dónde está Rocco? ¿Está bien?

Imaginé un enfrentamiento entre Rocco y Manny y no estaba segura de Rocco pudiera salir ileso.

Christophe asintió.

—Está bien. Lleva un tiempo ayudándonos en la investigación de la familia de La Manna. A diferencia de Carla, él nunca se ha involucrado en actividades ilegales. Nunca quiso ser parte de la organización criminal de los Racatelli, pero le guste o uno, ha nacido en ella.

—¿Por qué no está aquí?

—Ahora vendrá. Cuando terminen de interrogarlo. Fue idea suya que os quedarais aquí. Se sorprendió mucho cuando os vio en Las Vegas y le preocupaba vuestra seguridad.

Las relaciones entre las familias me confundían, pero los matrimonios me desconcertaban aún más.

—Pero. ¿qué pasa con la boda entre Carla y Manny? Como marido de Carla, ¿no heredará él?

—No —dijo Christophe—. Su casamiento fue real, pero también nulo, ya que Carla estaba casada con Danny. Después de todo, su falsa boda acabó siendo real.

Mamá dio un respingo.

—Era bígama. Entonces, ¿quién es el heredero de Carla? Si sigue siendo Huesos, quiero decir, Danny, todo va a parar a Wilt.

Wilt levantó sus manos esposadas.

—No lo quiero.

—No te lo llevarás. Huesos no puede heredar porque él mató a Carla. Así que Wilt no puede heredar de Huesos. Cuando todos los papeles legales se arreglen, Rocco será el único heredero. Igual que antes —explicó la tía Pearl.

—¿Seguro que Rocco no...?

El timbre del ascensor sonó y se me fue la voz. Manny había sido arrestado, pero podía haber enviado a uno de sus cómplices a por nosotros.

Nadie más parecía preocuparse.

—Sí, estoy seguro —confirmó Christophe—. Ha estado vigilado las veinticuatro horas del día desde semanas antes de la muerte de Carla. Hablando del rey de Roma, aquí lo tenemos.

Rocco entró a la suite, radiante de alegría.

—Me alegra que todo esto haya acabado por fin. Necesito una copa.

La tía Pearl señaló con la cabeza a Christophe.

—Chris, haz los honores.

Mamá se levantó del sillón y se dirigió a la cocina.

—Permíteme a mí. Christophe me ha dado sus recetas de cócteles y me muero por probarlas. Vuelvo en un santiamén.

—¿Qué le parece un margarita, Ruby? —sonrió Rocco.

Mamá fue a la cocina pero se paró en el marco de la puerta.

—Dejaos de margaritas. Os voy a preparar el *spritzer* especial de vino de Christophe. El que incapacita a la gente. —Mamá me guiñó el ojo— Es una bebida muy útil para un apuro. Se me ocurren muchas formas de usarla.

CAPÍTULO 38

La tía Pearl, mamá y yo estábamos sentadas frente a una fila de máquinas tragaperras. Yo estaba entre las dos y me sentía atrapada. Teníamos que permanecer juntas, al menos hasta que Tyler volviera de la comisaría. Había ido a acompañar a Christophe para proporcionar contexto a los eventos ocurridos durante las últimas horas, y asumí que también para saludar a sus antiguos compañeros.

Tiré de la palanca automáticamente esperando que salieran tres dibujos iguales. Llevábamos ahí una hora y no había ganado nada. En cambio, la tía Pearl parecía estar en racha.

Se inclinó hacia mí.

—Utilicé un hechizo con Manny para neutralizarlo —dijo la tía Pearl guiñándome un ojo—. El mismo que usé contigo y con Rocco.

—¡Lo sabía! Esa conexión tan extraña que sentía con Rocco no tenía sentido. Y yo no llamaría neutralizar a eso.

—¡Pimiento rojo! —rio la tía Pearl.

—Me has manipulado. ¿Cómo has podido hacer algo así?

Además de ser sumamente retorcido, amenazaba con sabotear mi relación con Tyler. Por supuesto, eso era exactamente lo que la tía

Pearl quería. La idea de que pudiera salir con el sheriff la ponía histérica.

¿O era cosa mía? De golpe empecé a sentir dudas sobre Tyler. ¿Y si no se sentía atraído por mí en realidad? ¿Y si no eran sentimientos, sino otro hechizo de la tía Pearl?

¿Cómo podía saber qué era real y qué era cosa de magia?

Sería la venganza definitiva, un giro de crueldad.

—¿Me has lanzado algún otro hechizo?

—¿Cómo cuál?

—No sé, ¿otro conjuro de amor?

—Tranquilízate, Cendrine. Si practicaras tu magia te habrías dado cuenta del hechizo enseguida. Podrías haberlo contrarrestado. En realidad es culpa tuya.

—Pero Pearl... —protestó mamá, aunque Pearl hizo oídos sordos.

Claro que me había dado cuenta del hechizo, pero preferí hacerme la sueca. Con la tía Pearl valía más guardarse las espaldas. Era totalmente impredecible. Pero tenía razón en una cosa.

Tenía que respetar y desarrollar mis talentos naturales. Puede que si tuviera tiempo, si no tuviera que estar sacando a la tía Pearl de todos sus problemas... Pero sacar tiempo dependía de mí, y era exactamente lo que iba a hacer.

Si le ponía ganas, podría incluso hechizar a la tía Pearl para mantenerla fuera de líos. Ese pensamiento me dio fuerzas y estaba impaciente por recuperar mi magia. Solo que esta vez me formaría en secreto, sin tener a la tía Pearl como mentora. Se lo demostraría.

Me di cuenta que estaba haciendo lo que la tía Pearl había querido desde el principio, pero en lugar de seguir sus lecciones impuestas, lo haría por voluntad propia.

—No te entiendo, Pearl —dijo mamá—. Ya eres millonaria, ¿por qué sigues jugando?

—Podría comprar este sitio. Soy más rica que todos vosotros juntos.

La fulminé con la mirada.

—No hace falta que nos lo restriegues por la cara.

La tía Pearl rio.

—No durará mucho. Después de pagar todas las deudas de Wilt, lo que quede irá a mi organización benéfica favorita.

—¿Sí? ¿Cuál es? —preguntó mamá.

—La Sociedad de Revitalización de Westwick Corners.

—No existe tal sociedad.

Lo único que teníamos era trabajo duro. Las constantes quejas de la tía Pearl sobre los entrometidos turistas parecían contrarias a la idea de impulsar el pueblo para atraer gente. El hecho de que contribuyera a traer visitantes a Westwick Corners desafiaba la lógica. Sencillamente, no la creía.

Sentí que alguien me miraba y al darme la vuelta me encontré de cara con Rocco. La atracción física que había sentido anteriormente había desaparecido, pero había sido reemplazada por algo nuevo. En vez de la aversión que me provocaba el antiguo Rocco, sentía hacia él gran amabilidad. La edad y la distancia nos habían cambiado a ambos, y una vez desvanecido el hechizo sentía algo nuevo que nunca había sentido hacia él.

Amistad.

—¿A quién le apetece un buen filete para cenar? —Rocco señaló hacia la calle—. Hay un buen restaurante italiano muy cerca de aquí.

—¿Hay mafiosos? —preguntó mamá.

—No puedo asegurar nada, pero espero que sí. —Wilt miró melancólicamente hacia la barra—. Voy a echar de menos este lugar, pero no las apuestas y los delitos que vienen implícitos.

La tía Pearl miró un vistazo a su alrededor y dijo:

—Mirad quién viene.

Me encontré con la mirada de Tyler y le sonreí.

—Puede cenar con nosotros.

—¿De verdad tienes que invitarlo? —protestó la tía Pearl—. Creo que ya no tengo hambre.

De repente sentí la urgencia de probar el nuevo hechizo de amistad que había estado practicando en secreto.

Chasqueé los dedos dos veces y susurré entre dientes.

—Vamos.

La tía Pearl esbozó una sonrisa y cogió a Tyler del brazo.

—Será un placer cenar con un escolta tan atractivo.

Tyler me giñó un ojo y yo le sonreí.

La tía Pearl no era la única que tenía un as bajo la manga.

CAPÍTULO 39

Una vez resuelto el asesinato de Carla y con Wilt entre rejas por el asesinato de Danny «Huesos» Battilana no había motivos para alargar nuestra estancia en Las Vegas.

La tía Pearl no podía causar muchos más problemas, pero no podría respirar tranquila hasta que supiera que estaba fuera de la ciudad. Insistí en que mamá, la tía y yo compráramos billetes de avión de vuelta a casa. Una vez comprados, fuimos directamente al aeropuerto.

Tyler caminaba delante de nosotras por el abarrotado aeropuerto de Las Vegas con el equipaje de mamá en un brazo y el de la tía Pearl en la otra. Mamá se aferraba a una carpeta que contenía el recetario de cócteles de Christophe, mientras que la tía Pearl llevaba una pequeña mochila. No tenía ni idea de que contenía, pero decidí que sería mejor no preguntar. A veces es mejor no saber, sobre todo en lo que concierne a mi tía. Tenía que pasar el control de seguridad, así que no me preocupaba mucho.

Me aparté a un lado lentamente hasta que estuvimos lo bastante lejos.

—Recuerda: nada de magia en el avión. No querrás asustar a la tripulación ni a los pasajeros. Podría haber incluso algún Brigadier Mayor de incógnito.

—No uses tus tácticas para inducir miedo conmigo, cariño. —El humor alegre de la tía Pearl se había desvanecido—. Ya me había resignado a la cautividad de esa lata de sardinas voladora. No tienes que restregármelo.

En cierto modo era reconfortante ver a la tía Pearl recuperar su habitual estado malhumorado.

—No te preocupes, Cen. Actuaremos con normalidad.

Mamá me dio un apretón de manos.

—No hace falta que nos acompañes hasta el control de seguridad. Somos perfectamente capaces de cuidarnos solas —protestó la tía Pearl.

—Puede que demasiado capaces —dije—. Quiero veros subir al avión.

Estaba segura de que mi tía no haría ningún truco una vez a bordo. Pero hasta que pasara el control de seguridad, era un vuelo de alto riesgo, por decirlo de algún modo. No lo dudaba.

—No veo por qué no podemos usar un poco de magia —se quejó la tía Pearl—. Ruby y yo podríamos habernos teletransportado a Westwick Corners en menos de lo que hemos tardado en llegar al aeropuerto.

—Basta de magia, tía Pearl. Al menos hasta que estés de nuevo en Westwick Corners.

Había quedado con la tía Amber para que fuera a por ellas al aeropuerto de Shady Creek y las llevara de vuelta a Westwick Corners.

La tía Amber también era un alto cargo de la AIAB, por lo que tenía motivos para asegurarse del comportamiento de la tía Pearl. Los castigos de la AIAB serían mínimos, pero al menos la tía Pearl tenía que responder ante alguien. Nunca se arriesgaría a perder su licencia mágica.

Era más que probable que hubiera alguien de *El murmullo de Shady Creek* esperando a mamá y a la tía Pearl a su llegada, y era algo que quería que acabara bien.

—No hagáis ninguna tontería que altere nuestra pacífica existencia en Westwick Corners.

Aunque técnicamente podía teletransportarse cuando saliera de mi vista, confiaba en que mamá la convenciera para no hacerlo. La gente no desaparecía en medio de un vuelo comercial, y lo último que necesitábamos era un incidente que atrajera la atención internacional. Ya que la tía Pearl tenía el agua al cuello por sus trampas en el casino, estaba casi segura de que no haría más tonterías.

Nos detuvimos a pocos metros del control.

—Tienes suerte de que Wilt lo confesara todo, si no, no estarías volviendo. Podrías haber acabado en una celda como él. —Miré a mamá—. No le quites ojo, os veo en unos días.

—Creo que necesito unas vacaciones de mis vacaciones —rio mamá.

Todavía no tenía claro cuánto había ganado la tía Pearl en la lotería. Al parecer, era suficiente para contratar un abogado defensor de primera para Wilt y pagar sus deudas. Wilt tenía planeado asistir a un programa de rehabilitación para ludópatas mientras esperaba el juicio. Estaba en buenas manos.

Nos despedimos de mamá y de la tía Pearl ante la puerta de control.

Me volví a Tyler y le di un beso en la mejilla.

—Aún no me creo que hayas venido hasta Las Vegas. ¿Cómo supiste que necesitaba tu ayuda?

—Una corazonada. Tuve el presentimiento de que tenías problemas.

Me agarró por la cintura y presionó sus labios contra los míos.

No estaba segura de si se refería a los Racatelli o a la tía Pearl, pero no necesitaba saberlo. Tenía otras cosas en mente.

Vimos despegar el vuelo de mamá y la tía Pearl y volvimos al aparcamiento del aeropuerto a por la caravana. Teníamos pensado conducirla hasta Shady Creek, de donde la tía Pearl la había sacado.

Después de todo, resultó que la caravana sí era real. No la había hecho aparecer la tía Pearl. Solo se la había llevado para probarla y no la había devuelto. Cuando la hizo desaparecer de camino a Las Vegas fue simplemente para confundirme. Era lo único predecible que tenía mi tía: siempre haría todo lo posible para sacarme de quicio. Ser más lista que yo parecía ser su pasatiempo favorito.

Todo lo demás era cierto. La tía Pearl había ganado la lotería y Wilt era el nieto de Danny «Huesos» Battilana.

CAPÍTULO 40

El sol picaba entre las nubes bajas mientras conducíamos al norte por la interestatal. Habíamos pasado por sol, lluvia, y finalmente, una tormenta que amenazaba con dejarnos estancados en las montañas que dividen Nevada y Carolina del Norte. Cuando llegamos a la cima el cielo se iluminaba ante nosotros.

Observé a Tyler en el asiento del conductor de la caravana. Era extrañamente reconfortante estar en medio de una tormenta con él, y nuestro refugio sobre ruedas era extrañamente romántico.

Los bienes de Manny fueron embargados y permaneció en la cárcel sin fianza.

Rocco decidió vender el hotel y distanciarse de «la familia». Un inversor anónimo ya le había hecho a Rocco una generosa oferta, animado por la tía Pearl, por supuesto, y eso le dio a Rocco una salida beneficiosa y segura.

Mamá, la tía Pearl y un poco de magia se asegurarían de que Rocco hiciera la transición a su nueva vida sin problemas. No estaba segura de cómo sería, pero eso no importaba.

—Casi lo olvido. —Tyler estiró el brazo al asiento de atrás y me tendió mi bolso—. Lo encontré en el asiento delantero de tu coche cuando lo remolqué desde la gasolinera a tu casa.

Rebusqué en el interior y saqué el móvil. Lo desbloqueé y vi aliviada que todavía tenía batería. Comprobé el buzón de voz.

—Parece que el mundo se ha vuelto loco. *El murmullo de Shady Creek* quiere mi historia. De hecho, quieren contratarme.

Tyler sonrió.

—¿Vas a aceptar el trabajo?

Me encogí de hombros.

—No lo sé. Lo decidiré después de dormir.

Unos días antes habría aceptado el puesto sin condiciones. Pero después de esta última aventura, ponía mis propias condiciones.

De repente me di cuenta de que la magia me ofrecía ventajas sobre los demás periodistas. Podría conseguir historias con mis talentos naturales que al resto de la gente le resultaban imposibles. Porque eso es lo que eran, perfectamente naturales. Solo tenía que aprender a usar el poder de algo que tenía en mi interior.

—Vamos a casa.

Le sonreí a Tyler mientras buscaba una emisora en la que sonara algo animado.

—Lo primero es lo primero —dijo Tyler—. ¿No se nos olvida algo?

Repasé mentalmente la lista de tareas: equipaje cargado, depósito de gasolina lleno, mamá y la tía Pearl seguras en el aeropuerto.

Todo hecho.

Negué con la cabeza.

—No. Creo que ya lo tenemos todo.

—¿Nuestra cita? He viajado cientos de kilómetros para venir a verte y aún no hemos tenido nuestra cite.

Miré a Tyler y le sonreí. Había pasado de obsesionarme por nuestra a cita a dejar de pensar en ello una vez tuve a Tyler a mi lado. En parte fue por la gravedad de los eventos acontecidos, pero el verdadero motivo era que estar juntos era todo lo que necesitaba. Ya sentía que estaba en una cita. No necesitaba una cena elegante o una noche fuera, solo el hombre que tenía a mi lado.

Aun así me sentía mal.

—Siento mucho lo de nuestra cita, Tyler. No esperaba que me fueran a secuestrar y acabara en Las Vegas y todo eso. —La tía Pearl siempre se las arreglaba para estropearme los planes—. Te lo compensaré, lo prometo.

—No, no te disculpes. No es culpa tuya. Además, tengo una idea.

Cogió la siguiente salida y giró a la derecha medio kilómetro después.

—¿Dónde vamos ahora?

No había poblaciones cerca, pero la única señal que había en la carretera indicaba que había una gasolinera a medio kilómetro. Solo había un camino hacia Westwick Corners y no era ese. Pero no iba a quejarme de ese secuestro.

—Al menos repostaremos. No ocurre nada bueno cuando me quedo sin gasolina.

Tyler sonrió.

—No vamos solo a por gasolina. Ahora verás.

Redujimos la velocidad cuando la carretera se convirtió en un camino de tierra lleno de baches. El estrecho camino serpenteaba por una empinada ladera que no dejaba prácticamente nada de espacio para que pasara otro vehículo en dirección contraria. Tampoco es que hubiera demasiado tráfico. Me pregunté si era viable tener una gasolinera en medio de la nada.

Llegamos unos minutos después. Nine Mile Gap era una pequeña aldea aislada. Ya era media mañana pero no había señales vida por ningún lado, ni en la gasolinera que solo tenía un pequeño surtidor metálico oxidado. Estaba totalmente muerto.

—Este lugar no está a nueve millas de nada.

Mientras nos acercábamos a la isleta de la gasolinera vi que una capa de polvo lo cubría todo.

—Ahora ya no. Aquí es donde nací y crecí —dijo Tyler—. Antes era como Westwick Corners, pero ahora es otro pueblo fantasma.

—Incluso la gasolinera ha cerrado.

El único surtidor estaba oxidado y la maleza rodeaba la manguera. Los números de estilo anticuado que giraban cuando el surtidor estaba en marcha se habían quedado congelados en un precio de veinte centavos por litro. Me sentí fatal por Tyler.

El paso del tiempo no solía ser amable con los recuerdos. Nunca podías volver atrás en el tiempo sin que acabara en decepción. Nada es como lo recordabas.

—Tranquila, no estamos aquí por la gasolina. —Tyler aparcó la caravana y apagó el motor—. Nuestra cita empieza ahora.

Saltó de su asiento, rodeó la caravana y me abrió la puerta para que saliera.

—Conozco un pequeño restaurante muy bueno por aquí. Es un secreto bien guardado, es muy exclusivo.

Bajé de la caravana cogiendo la mano que me tendía.

Rodeamos la gasolinera y pasamos por un viejo edificio de ladrillos de tres pisos. Doblamos la esquina y salimos a una calle adoquinada.

Me sorprendió de sobremanera. Nos detuvimos al principio de la calle principal ante un pueblo fantasma completamente restaurado de los años cincuenta. Estaba todo impecable y recién pintado, pero seguía sin verse un alma. Era como si el tiempo se hubiera detenido en una época pasada.

—Fue un pueblo con mucha actividad económica en su día, pero la mina cerró y quedó olvidado.

Me pregunté qué secretos se escondías tras su cuidada imagen.

Paseamos con calma por las calles cogidos de las manos.

—Me recuerda a Westwick Corners, solo que es más tranquila.

Nunca hubiera creído que fuera posible, pero así era.

Tyler me sonrió.

—Pensé que te gustaría. Llevo siglos esperando nuestra cita.

Seguí a Tyler hacia una preciosa cafetería con macetas rebosantes de flores de lavanda y capuchina. El restaurante parecía ser el único lugar abierto. El suelo crujió bajo mis pies y atravesé la puerta al interior tenuemente iluminado.

Una atractiva mujer de unos cuarenta años salió a saludarnos y señaló una mesa junto a la ventana. Un ventilador giraba en el techo. La mujer nos acompañó a la ventana que daba a un arroyo rodeado de exuberante vegetación. Parecía otro mundo.

—¿Aquí les parece bien?

La camarera le guiñó un ojo a Tyler y este asintió.

—Es precioso —suspiré sentándome a la mesa.

La mujer me sonrió y nos entregó los menús. Tyler pidió Coca Cola para ambos.

Esperé a que la camarera se metiera en la cocina antes de echarle un ojo al menú.

—Espero que no te moleste no haber podido ir al restaurante francés. Te lo compensaré de algún modo.

Tyler sonrió.

—No importa donde estemos. De hecho, puede que esto sea aún mejor.

Arrugué la nariz.

—Sé a lo que te refieres. Normalmente los restaurantes elegantes suelen tener raciones pequeñas. Aquí podríamos comernos un caballo.

Tyler rio.

—No me refería a eso.

—¿Entonces a qué? —De repente caí—. La camarera te ha reconocido. Has estado aquí hace poco.

—Muchas veces, Cen.

De pronto me sentí rara.

—¿Qué pasa? Os conocéis, ¿no?

—Me preguntaba cuánto tardarías en notarlo. Este no es solo mi hogar, Cen. Esa mujer es mi madre.

—¿Tu madre? —Me cogió por sorpresa y pensé en mi ropa desgastada. Intenté arreglarme la coleta despeinada—. No me habías dicho que venías de un pueblo pequeño.

Rio.

—Nunca me los has preguntado.

—Di por sentado que, como trabajabas en Las Vegas, eras de allí.

—Casi toda la gente que vive allí es de otros lugares, Cen. Ya que yo conozco a tu familia, pensé que sería buena idea que tú conocieras la mía.

Ahora era mi turno de reír.

—Ahora entiendo por qué te gusta Westwick Corners. Está

abarrotado comparado con esto. Pero tiene que ser difícil ganarse la vida aquí. ¿Cómo lo consigue tu madre?

—No lo consigue así, tiene otra línea de negocio.

Antes de que pudiera preguntar, apareció su madre con los refrescos. Mirándola bien, el parecido era obvio. La madre de Tyler tenía los mismos ojos marrones y la misma sonrisa cálida que su hijo.

—Mamá, esta es Cen. Cen, esta es mi madre, Vivica.

—Aquí tienes, querida. —Me sonrió y dejó primero mi vaso y luego el de Tyler—. Oí que había problemas en Las Vegas. Me alegro de que Tyler pudiera ayudarte.

—Cen no necesitaba mi ayuda. Se encargó de todo a la perfección.

Me sonrojé.

—En realidad no era nada. Solo unos asuntillos familiares.

Me gustara o no, los problemas de la tía Pearl eran también los míos. A pesar de los errores de la tía Pearl, era leal a los suyos y ella también me ayudaría.

—Me he enterado de que te las arreglas bastante bien —sonrió Vivica—. Teniendo en cuenta que te viste abrumada por los acontecimientos.

Me pregunté cuánto le había contado Tyler a su madre. Al fin y al cabo, no importaba. A lo hecho, pecho. La gente podía sacar sus propias conclusiones.

Cambié de tema.

—Nine Mile Gap parece un lugar muy tranquilo.

Vivica suspiró.

—El pueblo ha visto mejores tiempos, sin duda. Ahora solo quedamos unos pocos.

—Es una lástima oír eso —dije—. En mi pueblo ocurre lo mismo. Todo el mundo se está mudando a municipios más grandes.

Vivica asintió.

—Tyler me ha hablado de vuestra posada y los planes de revitalizar el pueblo.

—Usted también podría hacerlo —dije—. Solo necesita un modo de hacer el pueblo atractivo a ojos de los turistas.

—No me malinterpretes. En parte me gusta la soledad. Puedo practicar la magia tranquilamente. Es un alivio no tener que esconder os poderes.

Tyler me sonrió.

—Tenéis muchas cosas en común.

—Es usted... —no fui capaz de decirlo.

—Una bruja —continuó Vivica—. Sí, lo soy.

Me quede boquiabierta. Entonces entendí porque Tyler llevaba tan bien las excentricidades de la tía Pearl. De pronto todo cobraba sentido.

—Este es tu gran secreto, ¿verdad? El que siempre menciona la tía Pearl.

Había dado por sentado que se trataba de algo malo, una parte oscura del pasado de Tyler.

Arqueó las cejas, divertido.

—¿Crees que sois las únicas brujas?

—Lo sabes.

—Claro que lo sé. Podría distinguir a una bruja desde un kilómetro.

—¿Sabes que lo soy?

Tyler asintió.

—Aunque no he visto pruebas. O eres muy buena, o no la practicas.

Sonreí.

—Me han dicho ambas cosas.

—Seguro que ha sido Pearl. ¿Estoy en lo cierto?

—Sí. —Por primera vez me sentía orgullosa de ser una bruja. Y también de ser sobrina de la tía Pearl—. ¿Estás conforme con mis rarezas?

—Claro, aunque yo no diría que la brujería es una rareza, Cen. —Tyler puso su mano sobre la mía—. Te acepto por quien eres, sin importar nada más. Es lo que te hace tan especial. La magia solo es un añadido.

La reacción de Tyler fue un cambio agradable después de mi

último novio que creía que mis poderes eran una vergüenza y un final potencial para su carrera.

—Me alegra ver a Tyler con una chica como su madre —rio Vivica —. Así no tengo que fingir ser normal. Puedo ser yo misma.

Volvió a la cocina con nuestros pedidos apuntados.

—No sabía que eras… —no me salían las palabras.

—¿Hijo de una bruja? —Tyler sonrió y me presionó la mano.

Estallé en carcajadas.

—Eran exactamente las palabras que buscaba.

Por primera vez en mucho tiempo, me sentí feliz con todos los aspectos de mi ser. Estaba cómoda en mi propia piel. No tenía que esconder los poderes o fingir ser otra persona. Podía ser yo misma.

Allí estaba, a mil kilómetros de Westwick Corners en un pueblo en el que nunca antes había estado, y me sentía totalmente en casa.

* * *

¿Te ha gustado *La brujas de la suerte?*
Lee *Bruja y famosa*

Puedes conseguir los demás títulos de la colección y otros libros de Colleen en este enlace o en su página web. Regístrate para recibir el boletín de noticias en http://www.colleencross.com

MENSAJE DE LA AUTORA

Si has disfrutado de la lectura de *La bruja de la suerte,* te agradecería que dejaras una reseña y que lo recomendaras a tus amigos. ¡El boca a boca es el mejor amigo de los escritores!

Caza de brujas es el primer título de la saga *Los misterios de las brujas de Westwick,* y tengo muchos más en mente. Mientras haya lectores que disfruten con mis historias, seguiré escribiendo.

Si te ha gustado *Caza de brujas* y quieres ser el primero en enterarte de nuevos lanzamientos y ofertas exclusivas, suscríbete a mi boletín de noticias. Solo te llegarán tres o cuatro correos en todo el año, avisando de nuevos lanzamientos. Regístrate en www.colleencross.com

También he escrito más sagas de *thriller* y misterio que te podrían gustar. Puedes conseguirlas : http://www.colleencross.com.

¡Muchísimas gracias por tu lectura!

ACERCA DEL AUTOR

Colleen Cross - autor de thriller, crimen y misterio

Colleen Cross tiene tres sagas de thriller y misterio. La última, Los misterios de las brujas de Westwick, es una serie de misterios paranormales ambientados en el pequeño pueblo de Westwick Corners, un pueblo casi fantasma donde nunca ocurre nada... excepto cuando las brujas se involucran.

Las dos sagas anteriores son de Katerina Carter, una contadora forense e investigadora de fraudes muy espabilada. Siempre hace lo correcto, aunque sus métodos poco ortodoxos sean de infarto.

Colleen también escribe no-ficción de delitos de guante blanco. Anatomía de un esquema Ponzi: Estafas pasadas y presentes, que expone a los mayores estafadores de todos los tiempos y cómo se libraron de sus crímenes. Predice el lugar y el momento exacto en el que ocurrirá la mayor estafa Ponzi de la historia, y será muy pronto.

Visita la página web www.colleencross.com y regístrate para recibir notificaciones sobre nuevos lanzamientos y ofertas especiales.

boletín de noticias: http://eepurl.com/c0js9v

Puedes contactarme en colleen@colleencross.com

También puedes encontrarme en las redes sociales:

Facebook: www.facebook.com/colleenxcross

Twitter: @colleenxcross

Y encontrarme en Goodreads.

Website: http://colleencross.com/espanol/

OTRAS OBRAS DE COLLEEN CROSS

Los misterios de las brujas de Westwick

Caza de brujas

La bruja de la suerte

Bruja y famosa

Brujil Navidad

Brujería mortal

Serie de suspenses y misterios de Katerina Carter, detective privada

Maniobra de evasión

Teoría del Juego

Fórmula Mortal

Greenwash: Un Engaño Verde

Fraude en rojo

Luna azul

No-Ficción:

Anatomía de un esquema Ponzi: Estafas pasadas y presentes

¡Inscríbete su boletín para estar al tanto de sus nuevos lanzamientos!

http://eepurl.com/c0js9v

www.colleencross.com

www.ingramcontent.com/pod-product-compliance
Lightning Source LLC
Chambersburg PA
CBHW020611310726
48979CB00008B/1429/J
9781778660313